「出会う」ということ

竹内敏晴

藤原書店

「出会う」ということ――目次

Ⅱ　〈出会う〉ということ

第4章　神の受肉の延長　127

イバン・イリイチの信仰のからだ

第5章　出会うということ　161

「出会う」ということ

Ⅰ　〈じか〉であること

第1章　〈じか〉であること

「ごっつんこ」を受け入れること

ある時わたしは養護学校に人を訪ねてゆき、案内されて、重複障害児の部屋を通り抜けていった。

四角い大きなかごのような箱のそばを通る。ふと中をのぞきこむと、三歳か四歳くらいの小さな女の子が箱の底に横になっている。養護学校なのだから少なくとも六歳にはなっているはずだが、と立ち止まって見直そうとすると、ぱっちり開いた目がじっとわたしを見ている。この子は身動きもできないのだろうか。

顔を近づけてもかの女はまじまじとわたしを見たまま目を離さない。

わたしはふとひかれるような、ちょっといたずらめいた気持がうごいて、もっと顔を近づけたら、なんとなくかの女の顔色がうごいた——強いていえばにっとする前のような——感じがした。わたしはおでこを寄せてかの女のおでこと軽くごっつんこ、した。ちょっと離れてみつめると、かの女は前より大きく眼をあいてもっとまじまじとわたしを見ている感じ。楽しくなって今度は鼻の先でかの女の鼻の頭をそっと押してみた。少し顔を離して二人で見つめあっていて、もう一ぺん、とわたしがおでこを近づけたとき、バタバタと駈けよってくる足音がして「まあたけうちせんせい！」と声がした。わたしが顔を上げようとしたとたんに、「まあこの子は！」

とその声が叫んだ。「この子はゼッタイ人の目を見ない子なのに！」

わたしはびっくりして、駈け寄ってきた女教員を見、またかごの中の女の子を見た。女の子は声が聞こえたのか聞こえていないのか、ただまっすぐに大きな目をあけておだやかにわたしを見つめているばかり。

この教員――だけでなく、かの女の仲間たち――は優れた教師集団だった。さまざまな用具、というかオモチャというか、特に音具を作り出しては、車椅子の子たちといっしょに動いたり、歌いかけたりして、ほとんど反応のない重複障害の子とふれあっては動きをひき出したり、先進的な試みを熱心に進めていた人たちだった。

だが、その人たちのだれにも、かの女は目を合わさなかった、ということは、かの女にとってなにが、足りなかったのだろうか？　それがなぜ、たまたまのぞきこんだわたしとは目を合わせ、ごっつんこも受け入れたのだろうか？

何年かたった時わたしははっと一つのことだけには気がついた。かの女はまったく身動きできず、表情さえ動かさないように見えていたにもかかわらず、自分が受け入れるものと受け入れないものとをはっきり選んでいた、ということに。選ぶ、ということ、人間の尊厳ということの根源がそこに息づいていたのであったろうか。しかし、なぜ？　問いは続いている。

ことばはコミュニケーションのための道具——ではない？

コミュニケーションとはなにか？　原義にさかのぼれば、ラテン語で「共に、分かちあう」となるが、では、なにを「共に分かつ」のか？

わたしは幼い頃耳が悪く、ことばが話せなかったから、他の人との断絶に苦しんだ。

哲学者メルロ＝ポンティは、社会のルールを構成する、精密に組み立てられた、情報伝達のための言語と、今生まれ出てくる「なま」なことば、子どもが母に呼びかけたり、恋人への愛の告白や詩など、人のいのちの表現としてのことばとを区別する。かれは後者を第一次言語とし、それが使い古されて社会に定着した用語による前者を第二次言語と呼ぶのだが、これこそ百鬼夜行の壮麗な迷宮だ。それならさらに、とわたしは思う。うまくことばにならない身悶えや呻き声や叫びなどを第〇《ゼロ》次言語と呼んでもいいだろう。子どもは（そしてことばの不自由なものも）もともとこの世界に棲んでいる。

第〇次の「からだ」、第一次の切れ切れのことば、をまるごと受けとめ感じ取ることをコミュニケーションと呼ぶならば、これは第二次の、組織立て技術化して訓練することのできる情報言語の交換の場合とは別種のコミュニケーションと言うほかない。おそらく真のコミュニケーションのためのことばは、イエスが、送り出す使徒たちに言ったように、鳩のように柔和で、かつ蛇の如く慧《さと》く、ウソを見破れなければならないのだろう。

社会=世間の言語は、人と人のかかわりでさえも情報の交換の範囲に押しこめる。相手に対して礼儀正しく修飾し偽装する「ウソ」のことばである。社会人はどうやってこれを捨てて、なまで「じか」な世界に入ることができるのだろうか。

ことばが生まれてくる場に、子どもとともに

わたしの娘ゆいが、生れてまだ六か月くらいの頃、わたしはゆいをおなかにのせたままうとうとしていた。うつ伏せになったゆいはすやすや眠ったままわたしが息するたびにわたしのおなかの上でゆっくり上下している。——突然わたしはぐいと衝《つ》き動かされた気がして目が覚めた。

赤んぼがまっすぐわたしを見ている。手とも言えないような小《ち》っちゃな

二本を懸命に突っぱって「あー　あー」と叫ぶ。その声がずしんとわたしを打った。「この子、話しかけてる！」あわてたわたしがなんと答えたか、まったく覚えがない。

おっぱいがほしい！　でもない、お尻がぬれている！　でもない。ただまっすぐに呼びかけている。ことば以前の声で。

「じか」ということばを思うとき、真っ先にわたしのからだにうずいてくるのは、この時のゆいの目、声、突っぱる手のゆらぎだ。

毎晩かの女を寝かしつけるのがわたしの役目だ。初めはゆっくりした子守唄や童謡を歌っていた。だんだん短い昔話などをするようになった。

ある晩、話しはじめたら、ゆいがウッウッと言う。なにか催促するような気配だ。「ウタ？」と聞くとまたなにか言う。なにかパァアンと聞こえる。

「パン？」と尋ねるといやいやをする。ウーンと唸っているうちにふとなにかリズムらしいものに気がついた。「パッタン……?」と呟いてみたら、ゆいはキャッキャッとはねた。「キリキリパッタン?」キャッキャッ。

前の晩に話した「瓜子《うりこ》姫とあまのじゃく」の話かな? 幼い子にはむずかしすぎると思ったけどな、と半信半疑で話し始めていって、あっと思った。「キリキリパッタン」へ来るとゆいが廻らぬ舌でリズムを合わせて声張り上げる。これは昔話の中で瓜子姫が機《はた》を織る音の表現で、この後に「カランコカランコ」と梭《ひ》の走る音が続く。この澄んだ音のくり返しをわたしは好きだったから話したのだが、こんなに幼い子が喜ぶとは思いもかけなかった。

ところがまだ先があった。遠い山から山びこを返してきたあまのじゃくが、近づいて来る。戸を押し開けて入って来る。瓜子姫をつかまえて裸にして柿の木のてっぺんに縛りつけ、着物を着込んで瓜子姫になりすまし、さて機を織り出す。とたんに「ドッチャライ　バッチャライ　ドッチャラ

イ　バッチャライ」。ゆいは「あっ、あっ」と声をあげてはねる。
澄んだ音のくり返しだけでなくて、この凄まじい音の変わり方がまたからだをゆさぶるほど面白いらしい。じかな、音のはずみ、からだのはずみ。

ずっと大きくなってから、ゆいは「くまのお医者さん」の絵本が大好きになった。明日のお出かけを前にして熱を出したケンちゃんが「ぜったいびょうきじゃないんだから」と言い張って寝た夜に、くまのお医者さんがやってきてくれて、言うとおりにしてみたらすっかり治った、というお話である（『ぼくびょうきじゃないよ』福音館書店）。

ドアの方でとんとんと音がする、とわたしが絵本を読んでゆく。「ぼく、ちゃんとねてるよ、おかあさん」とケンちゃんがどなる、まだ音がする。ケンちゃんはドアをあける。

ゆいが立って、襖《ふすま》をあける。絵本を持ったまますいとわたしが前に立ちはだかる。

「そこにはしろい　おいしゃさんのふくを　きた、おおきな　くまが
かばんを　もって　たって　いました」とわたし。

ゆいは、あっと言ったまま立っている。

「おや　まちがえたかな」とわたし。

「ケンも　あんまり　びっくりしたので、またごほんと　せきをしてし
まいました」と読むと、ゆいが、

「ゴホン」

「あれれ、きみも　びょうきかい」

するとゆいが、大威張りで、

「ちがうよ。びょうきじゃないよ」

ゆいとわたしは毎日毎日くり返して、ゆいはケンちゃんになり、わたし
はくまのお医者さんになった。洗面台へ行っては、「くませんせい」が大

きな口をあけて教えてくれた「くましきうがい」を合唱しながら「うがい」をした。「ゴロゴロ　ガラガラ　ガラッパチ。ガラゴロ　ガラゴロ　ゴロッパチ。クチュクチュ　ペッペの　クマッパチ」。

お話を読み聞かせする、というより、ことばとお話が生まれてくる「場」に、二人一緒に生きたのだ。

娘が十歳になった頃、わたしとつれあいはある日烈しい言い争いをした。つれあいは厳しいことば遣いでどこまでもどこまでもわたしを問い詰める。わたしはと言えば、からだの内をのぞきこむようにしてなんとか一言を探し出す。言い争いはいつまでも果てしなく続いた。

本を読んだりこちらを眺めたりしていたゆいが、突然、

「わかんないなあ！」と言った。

「そんなケンカしてなんになるのか、ちっともわかんないなあ」

つれあいがきっとなって振りむいた。

「どうして?」

「それはこうでしょと言うのはいいけど、どうしてソーダネと言わなくちゃいけないの? ひとりはひとりでしょ?」

しんとした。だいぶたってから、つれあいがずばりという調子で言った。

「まっこと、その通り」

ゆいはにこりとした。

わたしは感嘆した。娘にも、つれあいにも。

その子の目で世界を見ようとする姿勢

ある母親から聞いた話である。

四歳になる娘が、気がつくといつも同じ姿勢をしている。家でも幼稚園でも。拇指《おや》を口にくわえて、人指し指の腹でまつ毛をそうっと撫でている。

もう一方の手ではおなかを押さえている。

気になるので「そんな格好はやめなさい」と叱るとすぐにやめるのだが、いつのまにかまた戻っている。いくら言っても直らない。

「どうしたらいいと思う？」とかの女は、一緒にわたしのレッスンに来ていた女友だちに相談した。相談された女性はしばらく考えていたが、「まねてみるね」と言って拇指をくわえた。人指し指でそうっとまつ毛をさわって、もう一方の手でおなかを押さえた。――しばらく経って、ぽつんと「ひとりぼっち」と言った。

「え？」

「とっても　ひとりぼっち」

母親は胸を衝かれた、という。

それじゃどうしたらいい？とすぐ対策を立てる、という問題ではない。

治療や指導の対象として観察しようとするのではなく、まず、その子の身になってみて、その息づかいを感じ、その子の目で世界を見てみようとする、その姿勢が大切なのだと思う。わたしがただひとつ提案したい「方法」である。

わたしはしばしば「コミュニケーション能力を高めるための技術・実践例」というテーマで書いたり話したりすることを求められる。しかし考えてみると、わたしのやってきた「からだとことばのレッスン」は設定された目的を達成するための技術を習得する方法ではない。自分自身への問いかけと、気づき——つまり新しく開かれた世界——への、出発のくり返しにすぎない。

今わたしにわずかに見えること、言えることは、人が「じか」であること、だけだ。

第2章　人と人の出会う地平

言語以前のからだについて

ことばの建設

今日は安《あん》さんの記念の集いに招いていただき、どうもありがとうございました。わたしは安克昌さんという方を存じませんでした。御本を拝見して、初めて多重人格障害という難しい分野の先駆者であった方だということを知りましたが、阪神・淡路大震災の時に、数十ヵ所に及ぶ「精神科救護所」の活動を統括して働かれた方だということは、実はわたしの住む名古屋でも関心を持って知っている人々はいまして、恥ずかしい思いをしました。その頃に、わたしは西明石の看護大学の講義に来ていたのですけれども、出講の直前に震災があったのです。

わたしは湊川《みなとがわ》高校に十年間授業と芝居に来ておりましたから、長田区はわたしが付き合った生徒さんたちのかなり多くの人たちがいたところです。連絡がつかない、電話でやっと何人かつながったという有様でした。前の年からわたしは股関節を傷めておりまして、よく歩けなかったんです。気ばかりガタガタしているけれども、来られない。かなり経ってからでなくては長田に来ることができなかった。そういうことと安さんの御本を拝見したのが重なって、非常に、重い気持ちが動きました。

安さんが演劇に関心があり、また身体論に考えを及ぼされていたというお話でしたが、しかし、安さんにお目にかかったことがないので、どういう話をしたらいいかわからない。仕方がないので、今日は安さんがもし生きてらしたらば、わたしの方から問いかけてみたいことがある。そのことを少しお話しして、みなさんからそれについて御意見を伺いたい、教えていただきたいというつもりで、これからしゃべります。題名がひどく包括的なので、これじゃあ、何をしゃべってもいいようなことなんですけれども。何年か、ずうっと考えてきて、まだ、まとまりきらないことで、しかし、この機会だから、お話をしてみたい。

なんとかこうやってしゃべってますけれども、わたしは、子どもの頃は聴覚言語障害児でありまして、耳が聞こえるようになったのは中学校です、右の耳だけですけれども。十六歳でした。それから、えっちらおっちらことばというものを自分なりにさぐってきた。一応、こういうふうにしゃべれるようになったのは四〇代の半ばです。

芸術療法学会で、一昨年だったかな、お話ししましたとき、初めて自分で気がついたんですが、いろんなことをやってきたけれども、結局、自己治癒と言いますか、皆さん方のように、他の人々に働きかけて治療するというような志はありません。ただ自分がどういうふうに人として立って、歩いていけるか、ことばというものとちゃんと付き合っていけるか、ことばの建設と言ってもいいんですけれども、そういうことに一所懸命でいた。それだけのことです。しゃべるのは大変不得意です。その辺はお許し下さい。

「出会いのレッスン」

「からだとことばのレッスン」ということをずっとやっているわけですけれども、これはからだについてのレッスンとことばについての、とを並立して考えているのではありません。からだとことばはつながっている、その形とか働きにどう気づき、身心全体がいきいきしてゆくにはどうするかという試みです。その中に、「出会いのレッスン」と仮に名付けているエクササイズがあります。それをやっているうちに、どうもよくわからないことが出てきて、二十年ぐらい前に、ある心理学の講座が出た時、月報になにか書けと言われて、心理学専門の方々に伺いたいことがある、という文章を書いたんです。ところが、あんまり返事がいただけなかった。後から考えると、わたしの発想は心理学と非常に違うので、どう返事したらいいかわからないということもあったと思うのですが、そのことについて、お話ししたい。

まず「出会いのレッスン」とはどういうものかと言いますと、二人の人が部屋のあっちとこっち、それぞれ反対側の壁に向かって立って、「どうぞ」という合図で、振りむいてこの人はあっち、あの人はこっちへ歩く。すると途中で、すれ違うわけですね。すれ違えば、当然、相手に対して何かを感じる。これはごめんこうむるというなら逃げればいいし、あぁ、この人はええ人やなぁと感じたら、握手しにいってもいいし。まぁ、どうなってもよろしい、感じるままに動いてみようという単純なレッスンです。

原型は演劇の基本レッスンの一つで、二人がすれちがう。通り過ぎて止まる、振り返る。振り返った途端に、今、通り過ぎたときの感じをぱっと表現する。ところが、これをやっていると、役者の卵というのは、とにかく、何か表現しなくてはいけない、見せなくちゃならんという強迫観念みたいなものに巻き込まれていて、ひどくオーバーなことをやる人が多い。見ているお客に受けるようなことを精一杯やろうとしているけれども、あなた、本当に何を相手に感じてるの？と言いたくなるようなことがしばしばある。そんなのやめちゃおう、表現なんかはどうでもいいから、本当に自分が感じたまま動いてみよう、と役者の卵相手に始めたのが初めなんです。

やってみると、どんなことが起こるかと言いますと、中年の男の人と女の人でやった例ですが、男の人が歩き始める。振り向いて歩き始めた途端に下を向いて、キョロキョロなにか探すみたいに歩いてゆく。周りを全く見ない、下だけ。あっち向いたり、こっち向いたりしながら、ずーっと歩いて行く。もう一方の女の人は振り向いたけれども、どうしたらいいかわからない。男の人がどんどんどんどん通りすぎて行ってしまうんで、その前に立ちふさがった。男はびっくりして、よけようとしたけれども、女はまた男の前に立ちふさがる。男が怒って押しのけようとしたんで、取っ組み合いみたいな形になっていった。男から言いますと、自分が行こうとしたのをわけもわからず邪魔された。なんで、そんなことをするんだって腹を立てた。被害者意識みたいものにどんどん閉じこもっていく。女の人に聞いてみたら、向かい合って、歩いていこうとしたら、向こうから人が来る、こっちに気がついて、あいつと付き合うのはごめんこうむるというんで、それて行ってしまうんならわかるけれども、初めから目もくれず何も存在しないみたいに歩いてくるから、前に立って、わたしここにいるわよということを示したかったと言う。

わたしが気づいて言ったことは、男の人が振り返った時に、そこにあらわれた世界に向かって立たなかった、壁に向いていた時の世界に閉じこもったままダーッと歩いてきたということです。もちろん、相手を全く見てない、存在していること自体を感じていない。それをたまたま、男の人のつれあいの方が見ていまして、十何年の夫婦生活を一目で目の前で見たって、涙を流した。こちらは笑っていいのか、同情していいのか、といったようなことがあった。例えば、そのようなことが起こってくる。つまり、その人の意識ではなくて、その人のからだ全体で、どういう存在の仕方をしているかということがまざまざと現れる。それを立ち会っている人とその場で話し合ったりする中で、当人にもやっと見えてくる。

人間的な次元で出会いたい――第一のレッスン

そういうことをやっているうちに、だいぶ前の話なんですけれども、どうもよくわからないことが出てきた。どういうことか。出発点になった例を話します。三十歳すぎの男と二十歳すぎの女の人が向きあって歩き始めた。すると、男の人がいきなり、「やぁ、こんにちは」とか言って近づいて、手を出してしきりに話しかける。女の人の方はびっくりして、棒立ちになってジリジリ下がっていく。おかしいなっていう顔をして、男がまた手を出す。と、また逃げる。ぐるぐるぐるぐる逃げて、「どうしてもダメ。違うんです」って言っている。

こういうことがよく起こったのです。拒絶する方はだいたい女の人で、男の人の方が働きかけていくケースが多かった。中には女の人がせっぱ詰まって、相手の顔をパーンと叩くなんてことも起こった。始めたのはまだ一九七〇年代ですから、大学闘争などの荒っぽいほてりが残っている、取っ組み合いのけんかになるなんてこともあるくらいでした。

レッスンをやっていると、だんだん集中度が深くなってくる。すると、向かい合った瞬間に、相手が人間のような気がしない、という言い方が、だんだん出てきたのです。どういう感じかと問うと、答え方はいろいろあるんですが、一つは、まるで木が——岩という言い方もあったな——動いてるみたいだ、材木が歩いてくるみたい、と言う。ちょっと違うと、ロボットみたいだ、という言い方にもなる。ロボットが歩いてくるのに向かって、「やぁ、こんにちは」と手を出す気にはならない、と言う。二つめは、爬虫類みたいな気がする、と言う。これはわりあい多いですね。ヘビとかトカゲとか、そういう何か異質な、しかし、ロボットみたいに無機質なものではなくて、ひどくぬめーっとしたものですね。そういう得体の知れないものに見えてくる。

これはどういうことだろうか。一ばん初めの例に戻りますと、こちら側は世間的なつきあいとして、「やぁ、こんにちは」と始める。これは学校の先生とか、勤め人に多い例。これを日常習慣的レベルと言っても、世間的なレベルと言ってもいいでしょう。ところが、こちらの女の人がそういうレベルでは返事をしない、何か全然違ったものを求めているというふうに見えてくるわけですね。もうちょっと違った、いわば人間的なものを求めている。その眼で見ると男の人が、だんだん人間には見えなくなってくる。どんどんそれがはっきりしてくる。この二人が生きている世界というか、意識のレベルがどうもくい違っている。これは、出会いようがないな、というふうに見えてきたわけです。

見ていると、世間的なレベルの人たちは、相手は自分と同じレベルにいるんだと、全く疑わずに世間的な付き合いをしようとして話しかけるけれども、片方はそのレベルから、わたしふうに言えば、落ちこぼれているというか、はみ出して、もう少し別の次元で人とふれあいたいと欲している。二人が立っている地平が違う。これは出会いようがない。これはどういうことだろうか。二人がちゃんと向かい合って、ふれあえるようになるにはどうしたらいいだろうか、こんなことを、さっき言いました心理学の講座の短い月報の文に書いたのです。わたしの旧制高校時代の友人の心理学者が編集代表だったので。しかし、はかばかしい反応、発展はありませんでした。

ブーバー「わたしとあなた」

マルティン・ブーバーという哲学者がいます。有名なかれの"ICH UND DU"──『我と汝』と訳されていますが、どうも堅すぎる感じがして、仮に、今ここでは「わたしとあなた」と言っておきます。ブーバーは、ご存じの方が多いと思いますけれども、こういう言い方をしますね、人間には二つの根元語がある。人間が世界に向かう態度は、この根元語が二つであることに従って、二つである。

その根元語は、一つは「わたしとあなた」、もう一つが「わたしとそれ」、それはかれ、とかかの女と置き換えていい。「わたしとあなた」は、かれの言い方によれば、関係の中にある。「わたしとそれ」は、相手を対象化して見ている。この、相手を対象化し、相手を分析し、計算し、これを操作する形の関係において、社会が成立しているわけで、この能力がないと人は生活していけないけれども、しかし、それだけでは人は生きることができない、という。反対に「わたしとあなた」という関係に入るということは、あなたとわたしとが全存在をもって向かい合って、他の世界が無くなる。その向かい合いの中で、かれはユダヤ教の人ですから、神——大文字の「あなた」にふれるのだという言い方になります。そして「恵みによって『あなたがわたしに出会う』。すべての真の生とは出会いである」と、ブーバーはなんの定義もせずに言います。

さっき言いました「出会いのレッスン」に当てはめてみますと、世間的な青年がペラペラしゃべっているのは、明らかに“ICH-ES”――「わたしとそれ」の態度として考えてみることができる。一方、人間的ななにかを女が求めているということは「わたしとあなた」という関係の中に入りたいということを、意識してはいませんけれども、求めているのではないか。ブーバーのこの有名なことばには、まだ先がありまして、「わたしとあなた」という関係に入ったものも、すぐにそれは「わたしとそれ」に転化してしまう。社会に生きる人間の、これが宿命であって、すぐに相手を対象化して、それと向かい合うというふうになってしまう、ならざるを得ないと、かれは言います。しかしかれはさらに、そういうふうに向かい合っている

「わたしとそれ」が、ある瞬間に火花が散って、二人の間に、全く違った関係が生まれて「わたしとあなた」に変化することがありうる、こうも言っております。こういうことが「出会い」ということになるのかなぁと、一応、考えてみることができる。

しかし、わからない問題がある。青年と少女はどうしても初めから同じ地平に立っているいると思えない。別の世界にいる。片方がベラベラしゃべっている。片方は自分のからだの中で動いていることをことばにできない。「ことば以前で動いているからだ」でいるわけですね。この二人の世界は上下に分かれているみたいに、わたしには見えてくる。これはわたしがかつてことばが不自由で、相手と対等にことばで話し合うという感じになれなかった、世間風にすらすらしゃべっている人は手のとどかない上の世界の住人に見えた、ということが反映しているのかもしれませんけれども、むしろ浅い深いという感じでの上下のズレに見える。しかし、ブーバーはあきらかに同じレベルの上で、関係の違いと見ている。同一レベルにいて"ICH ES"になったものが、火花が散って"ICH DU"という関係に、入れるというふうに考えているらしい。

存在と存在がひびき合う

精神医学の歴史の中でも、「出会い」ということばはどうも、いろいろな人に、重要な概念として使われていることばらしい。カール・ロジャースなどもその一人でしょう。しかし、今はハンス・トリュープの、宮本忠雄さんと石福恒雄さんが訳された『出会いによる精神療法』（金剛出版）という本をとりあげたいと思います。生前の論文をお弟子さんたちが編まれたもので――これはまさに「出会い」を中心に論じられているわけですが、わたしには具体的にはわからなかった。かれはユングのお弟子さんですけれども、ブーバーの考え方を取り入れようとした人ですね。ユングの考え、やり方は非常に重要であるけれども、それは患者の中に動いている精神が弁証法的に発展していくのを手助けするやり方であって、それだけでは患者の治癒には十分ではないというのがかれの考えのようです。そしてかれは人格としての医師が患者と向かい合って、人格と人格が出会うことによって、初めて、石福さんのことばで補いますと、人は社会というか、共同体的なものの中の存在として、自立できるようになりうると。つまり、一人の精神の中での弁証法的な発展ということだけでは、ことは片づかないということがトリューブのユングに対する批判のポイントであるようです。

この人格ということばも、実はよくわからない。人格ということばは、わたしの考えでは、日本の、少なくとも庶民にとってはきわめて縁遠いことばの一つです。これがわからないと、人権とか何とかという問題のポイントは成り立たないだろうと思いますけれども、しかし、庶民の一人として言いますと、これは本当に、わけのわからないことばであります。一所懸命、理解しようとして、論理的にわからないことはないですよ。でも、生活の中で、これが人格というものだというものがぱちっと成り立って見える、ということがほとんど、これは見たことがないと言っていい。ことばとしてはやたら横行しているんですけれども、内実がまことに曖昧である。それが「出会い」と重なってくるのでますますよくわからない。

しかし、とにかく石福さんの解説から、出会いということばを引っ張り出してきてみると、こういう言い方を確か、されているんですね。患者が医師に対して、信頼を持って告白をする――自己開示ですね。それを医師の方が、丁寧に聞くことによって自己開示する。自己開示と自己開示の間で、かれの言い方で言うと、ここで「魂《たましい》」ということばが出る。これがまた、わたしにとっては難しいんですが。「魂のふれあいがあって、しみじみと語り合うということ、これが出会いというものだ」と、こういうかれのことばが確か、ありました。

わたしはことばが不自由で、二十歳をすぎてからやっと、ことばというものをなんとか使おうとして苦労し始めた。そうすると、これはどういう意味かということが自分の中ではっきりしないとことばは使えないわけですね。例えば、国家なんてことばはいまだに使えない。なんで国と家が一緒になっているのか、いまだによくわからないから、国家ということばは使えないのです。子どものころから無自覚のうちにことばが身についていた人々にとっては、ことばは曖昧なままでちゃんと使いこなせる。その多義性がわからないわけです。だから、二十歳過ぎてから、勉強してことばを身につけるといったら、使えないことばがたくさんある。その中の一つが「たましい」。これ、何を言っているのかわからない。戦争中にはやたら「ヤマトダマシイ」ということばが横行しました。だから、魂のふれあい、なんて言われても、何を言っているのか見当がつかないのです、率直に言うと。

その上、「しみじみと語り合う」ということにいたっては、それじゃあ、ことばがうまくしゃべれない人間には「出会い」は成り立たないのかという、素朴な、ある意味で言うと、偏見に満ちた疑問が出てくる。どうもわたしは、「出会い」ということの本質的な部分は実は、話し合って何かがわかるというよりも以前に——後で考えついたことばで言うと——からだとからだ、或いは、存在と存在が響き合うような次元のことで、言い換えれば「言語以前のからだ」の次元で起こっている、ブーバーの言い方に従えば「全存在の集中と融合」においておこることではないのだろうか、と思い始めたのです。

メルロ＝ポンティによる言語の二つの機能

この段階でお話しするのは早すぎるかもしれないが、ことばというものがわたしという人間にとって、どういうふうに見えたかということをお話ししておきたいと思います。やっとこさことばがしゃべれるようになるとはどういうことかというと、自分のからだの中で、なんかモヤモヤ動いていて、うまくまとまらないものをやっとことばにするということですね。そうすると、やっとことばにしたことは自分にとっては、真実である――「真」を抜いて「実」と言った方がぴったりするんですけれども、しゃべっていることは全部、本当なわけです。

だから、他の人が言ったことも本当なことだと思っている。わたしは芝居の世界に入りましたが、芝居の人間は口が荒っぽいですからね。ちょっと酔っぱらってくると、「お前みたいな奴は死んじまえ！」みたいなことを言う。それを横で聞いて、ドキッとするわけですね。あれ、本当に死んじゃったら、この人、どうやって責任取るつもりなんだろうって（笑）。それくらい、冗談ということがわからない。これは、わたしは非常に大事なことだと思うんですが、養護学校なんかでね、よく、明らかに冗談のわからない子どもに向かって、先生が冗談を言っている。横で見ていて、胸が痛くなる時があるんです。向こうはそのことばのままを受け取るしか知らないのに、一捻《ひね》りひねった冗談を言う、子どもはヘンな顔してつっ立っている。冗談というのは、大変高度な言語的技巧です。そういうことが通用しないからだというものが、教員でもわかってないということを見ていると、胸が痛くなるときがあるんです。

ところが、四十歳すぎてことばがなんとかしゃべれるようになって十年ばかりたってから、突然、どうも世の中の人はわたしが思っているようにはしゃべってないんだなぁということにやっと気がついた。自分を本当に表現しようと思ってしゃべっているなんて人は、ほとんど見あたらない。ほとんどは、自分をどう良く見せようかと、どう弁解しようか、つまり、自分を防衛するために周りに壁を作り出すのがことばである、というふうに、まざまざと見えてきたことがあるんです。なんとも愚かな、お恥かしい話ですが。

するとことばというものは本質的に嘘であるらしいと気がついた。例えば、わかりやすい例。これは嘘という意味を拡大することになりますが、「はる」ということばがあります。春・夏・秋・冬の春。実は春なんていうのはないわけですね。本来、そんなものはない。ただ、寒くなって、今日みたいに、雪が降ったり、やっと日が当たってきて暖かくなってきたり、今度は雨が多くなって、じとじとしたり。今度はかーっと暑くなったり、花が咲いたり、紅葉したり、なんていう変化がくり返されているだけだ。

その、一部分の時間帯に対して、ある感覚で、「はぁる」と。「は」という音と「る」という音を組み合わせて、名前をつける。そうすると、そこに区切られた時間帯が、「はる」というものになる。「春」というもの自体は無い。「花」というものだって無いわけです。タンポポはある、桜の花もある。スミレの花も、ある。けれども、「花」というものは本来、一つの抽象にすぎない。無いわけです。無いものをあるようにするのがことばだというふうに思い始めると、ことばというものの感じが全く変わってくる。

わたしが「からだ」ということに目を開かれたのはメルロ＝ポンティの『知覚の現象学』を読んだおかげですが——ただしかれから言ったらそんなところまで解釈を拡大されては困ると言うかもしれない読み方をしているわけですけれども——かれは、言語には二つの機能がある、と言います。晩年の講義録では、三つにしますが。

一つは、簡略して言いますと、情報伝達の言語です。これによって社会が成り立っているわけですね。情報伝達には一つ一つの単語の意味が社会的に確定していなければならない。そうでなければ、情報伝達は成り立たない。ということは、以前に何千、何万べんも使用されていなければならないわけで、これは第二次言語である。

第一次言語とは、今、ここで、初めてことばになってくる、そのプロセスで、意味が成立してくるようなことば。これを「真正のことば」とかれは呼んでいます。やっとなんとか、ことばにする。今生まれ出てくることば、それがまことのことばである。「はる」ということばが生まれたときがそれにあたる。

ところが、「春、夏、秋、冬」と並べられて四季の一つと定められてくると、これは第二次言語、情報伝達のための言語として使い方のルールが確立されてくる。機能が全く違う。この言語の機能二つと、さっき言いました、「出会い」のレッスンでの二つの層とつき合わせてみると、片方は明らかに第二次言語でしゃべっている。片方は第一次言語を生み出すか、生み出さないかという状態のからだにいる。こう見えてくるのです。

人間の「からだ」を信じる――第二のレッスン

次の例に進みます。少し障害のある三十代の女の人がいました、脳性麻痺でしょうか、くっくっくっくく……、とことばがひっかかる。足も引きずりながら歩いている。この人と、中年の温厚な男性――みんなから尊敬されていた人――哲学専門の学者――とが「出会いのレッスン」をやりました。この二人が出てきた。さてふり返って一歩出て顔を見た途端に、女の人がパーッと陰へ逃げ込んでしまった。どうするかなと、こっちも困って見ていると、かの女がそうっと顔を出した。今度はそろそろ近づいてくる。ところが、あるところまで近づいていったら、かれがそちらへ向かって、一歩寄っていこうとした。そうしたら、またパーッと逃げ込んでしまった。かれは困っちゃった。どうしようかと迷いながら待っている。わたしも迷ったけれど、もう少し粘ってみようと、まだ止めないでいた。そのうちに、また顔を出してきた。今度は、ジリジリジリジリ寄っていく。止まって、また逃げ出しそうになるのだけれども、そこで息をついて、またジリジリジリジリ寄っていく。男の人は、手を出したらまた逃げられるかと思うから、待っているよりしようがない。じーっと待っている。かの女はまっすぐ顔をみて、ずーっと寄ってくる。と、ババッとかれに走り寄ったと思ったら、いきなり「なぜ、嘘をついたの」とどなったんです。

びっくりしましたね。言われた当人は、仰天して棒立ちになった。なんで、「嘘をついた」と問いつめられなきゃならないのか、見当もつかない。わたしたち見ている者にしても、思いやりも深いし、相手のかの女の障害に対して、丁寧に向かい合っていたことも知っている。なにがあったのだろう？ととまどうばかり。ところが、びっくりしたのは言った当人もだった。なんで、あんなことばが自分からとび出してきたか、わからない。その女の人自身が呆然としている。

そこで、止めて、座ってもらって、落ち着いてから、少しずつ話してもらった。かれが誠実で、暖かい人で、こちらを受け入れようという姿勢を持っているということはかの女も知っていた。だけれども、「出会い」の場に出て、振り返って初めに見たときに、なにか人間みたいな気がしなかったというのが、初めのことばです。どうしても近寄れない。何度かやってみたけれど、ダメ。でも、と思ってなんとか近寄っていったとたんに、思いもかけない自分がとび出してしまった。嘘ということばがなにを意味するかと言われてもうまく言えない。しかし、どうやらかれがそういうふうにかの女に誠実に向かおうとしている、暖かく向かおうとしているという態度そのものがなにか違うとしか、かの女には映らなかった、ということらしい。あいつは障害を持っていて、みにくいから相手になるのは嫌だというなら、それでもよろしい。相手に対して善意を持って向かうとか、受け入れようとか、そういう身構えを一切、抜きにして、傷ついてもいいから正直なからだに出会いたかったということのようだった。まっすぐ向かい合って、全く、正直な——かの女の言い方によると——思いやりだの、計らいだの、善意だのというよりもっと以前のからだに出会いたいっていうのかな。そういうことをかの女の方では求めていたらしいということが話し合っていくうちにわかってきたのです。これは極めて鋭く疑っているのだけれど、逆にその底で人間のからだというものを「信じ切っている」とも言えると思うのです。

かの女が相手に求めていた、向かい合いたかったたっていうことを、「出会い」と名付けるとすれば、石福さんが定義されたようなこととどう関わりどう違うのか。この疑問がわたしの中に、ずっとわだかまっています。

じかであることから生まれることば

ここで、わたし自身の体験をちょっとお話ししたいと思います。わたしはさっき、四十四歳の時に、ことばがしゃべれるようになったということを申しました。それまでどういうしゃべり方をしていたかということを復元するのは不可能ですけれども、舌の使い方もわからないし、共鳴もわからないし、ただのどに力を入れてがなるしか方法がなかった。それでも少しずつ聞きやすいようにはなっていたのでしょう。今、養護学校やことばの教室でやっているようなことをいくらかでも知っていれば、もうちょっと早くからしゃべれたかもしれませんが。小脳医学の世界的な権威で、伊藤正男という方がおられますが、あの人にことばを語れるようになるまでのプロセスをずーっとしゃべったとき、「それは小脳が神経の大変なつなぎ換えをやったんですね」と言われて、びっくりした。あぁ、そういう見方があるのかと思って、驚嘆しましたけれども、なん十年もかかって、そういうことがあるのかもしれません。

その頃わたしは、テレビのある番組に、進行役みたいなことを無理矢理やらされたことがあったのです。その頃、貧乏で――わたしは勤めたということがないんです。ですから、いろいろアルバイトをやるわけだ。それで、まさかテレビ局でしゃべる仕事が来るとは思わなかったけれども、とにかく、いくらか金になるからやろうというのでやった。ところが、マイクロフォンにわたしの声がうまくのらないのです。普通だったら、マイクを前に置けばいい。しかし、それではわたしの声がうまくキャッチできない。音がはっきりしない。ワイヤレスマイクを使ってもうまく行かない。結局スタジオの真ん中に無方向性のマイクをぶら下げて、わたしが大きな声でしゃべっているのを取るということになった。客観的なデータとしてはそれだけしか残ってないのだけれども、とにかく、そういう発声しかできなかったわけです。

　四十すぎた時に、その頃前衛劇団をやっていた、つまりアングラです。当時、ヨーロッパで有名になった前衛的な演出家がいまして、その人の役者の身体訓練がダイナミックというか、乱暴というか、非常にユニークで有名だった。かれのテクストの中の発声の訓練をやってみたのです。それは発する声によって、前に置いた紙を裂いてしまうといったようなことまで含まれる激しいものでしたけれども。それを試みているときに、突然、声が出た。

　頭蓋骨全体がビインと鳴って音の柱がまっすぐ上へつっ立ち上った。頭部共鳴が初めてできたということ、むしろ共鳴ってことが初めて成り立ったっていうことなんですけれども。突然、声がはっきり出た。ということは、ピーンと上に、高い声が響いていくというようなこともあるし、前にも出る。後ろにも声が出る。そういうことを初めて体験した。

そうなってみると、びっくりしたのは、例えば、「こんにちは」と言いますね。すると、「こんにち」くらいで、もうあの方（と指す）はわたしが自分に呼びかけたということがわかって、声を受け取って、ニコッとしてくれる。道で会ったら、「こんにちは」と返事してくれる。こういうことが起こるわけでしょ。これ、初めてわかったんです。あれって思って、ためしにもう一度、「こんにちは」と言うと、また返事してくれる。へぇーっ、と。そのときに初めて、今まで自分がどういう世界にいたのかということがわかった。

それは、一番近いイメージを言いますと、テレビ局のモニタールーム。前にマイクロフォンがあって、ガラス窓の向こうに人がいる。あちらに向けて、わたしがしゃべると、話しかけていることが相手にわかっているということは表情を見ていればわかる。ことばはどこかのスピーカーから、あの人に聞こえていて、内容を了解している、ということもわかる。今度は相手がこちらに返事してことばをかけてくる。すると、やっぱりマイクロフォンに取った音がどこかのスピーカーからわたしの耳に入ってくる。それで、言語内容を了解する。こういう感じです。ガラスの壁に閉じこめられた空間の内からムリに声を出して言語了解をやり取りしていた、と言いますか。

この間にあった厚いガラスがいっぺんにふっとんでしまった。じかに、パッとわたしが相手に呼びかける（と、目前の出席者に「ちょっと来てみて」）。ニヤニヤとして、ほら動くでしょ（笑）。こういうことがあり得るっていうことがその時、初めてわかったんですよ。つまり、じかに働きかけると、じかに応えてくれるっていう感じが。とりあえず、「じか」っていうことがわかった、という言い方でまとめておきます。「じか」、「なま」と言ってもいい。それがわかった。だから、ことばにしても、今こうやって招くにしても、それから、相手のからだにふれるにしても、じかにふれるのと、間に――ガラスの壁とは言いませんが――なにかはさまってるということの違いとがパーッとわかるようになった、というのがその時に起こったことですね。

それからは、毎日、お祭りみたいだった。朝起きて、外へ行ってね、誰かに会わないかなぁって。きた！「やぁ、こんにちは」と言うと、「はぁ、こんにちは」って返ってくる！わーっ、できた、という感じで。とにかく、こっちのことばが向こうに届いたとわかる、目に見える。相手のからだの中にしみこんでいく、すると、ふっと相手のからだが変わって、息づかいが変わって、こっちへ声がくる。来た、と思った途端に、自分のからだがはずむのがわかる……こういうことですね。もう、会う人の度に、「こんにちは」と言ったら、わー、できた。「こんにちは」と言ったら、わー、できた、という感じで毎日、お祭りみたいだった。

しかし、そのうちに変なことに気がつき始めた。今までわたしは、世の中の人はお互いによくしゃべれる。Aという人とBという人が会えば、AさんがBさんへ話しかけると、Aさんのことばを聞いて、BさんはAさんへ返事をする。ところが、ことばが「劈《ひら》かれて」ふと気がついてみたら、どうも違うんだなぁ。要するに、Aという人は勝手にしゃべってるだけなんだ。その中で、ちょっと、何かひっかかったことがあると、Bが「あっ、そうそう、わたしはこうこう、こうだった。」今度はこっちがしゃべる。——関係ないことだったり、先走った言い訳だったり——そして、何かのことばが引っかかると、また、Aがしゃべる。こういうことであって、Aが言ったことを、Bが充分理解した上でそれに答えてゆく例はほとんど見当たらない。気がついた時に、わたしは呆然とした。

人と人が話すっていうのはこういうことなのかなあ。本当に話をするということはどういうことなんだろう。さっき言いました「じか」な人とのふれあいの感じとまるでくい違って、なんだかよくわからなくなった。人と人とが、お互いに話し合うとかふれあうとはどういうことだろうかと考えているうちに、どんどん演劇からはみ出して、「からだとことばのレッスン」というようなことをやるようになってしまったというのがわたしの実感なのです。

元に戻りますが、さっき、障害のある女の人が求めていたものはひょっとすると、「じか」ということではないかと感じるのです。「じか」に向かい合うということと、さっきの石福さんのことばでいくと、しみじみとたましいがふれあっていく、しみじみと語り合うということは、どういうふうに同じことであって、どういうふうに違うのであろうか。そこにはことばという問題が入ってきます。一体、ことば以前の、自分の中で動いているものから、ことばというものが生まれてくるというのはどういうことなのだろうか。ことばというものが声になって生まれてくる場合はひとりでに生みだされるわけではない、相手との関係の中で、ことばが生まれてくるわけです。すると、それはどういうことで、どこから生まれてくるんだろうか。というようなことをずっと考え続けてきたということになる。

距離がなくなるということ

「じか」ということを別の視点から言うと、「距離がなくなる」ということです。子どもがつまずいてよろっとする。「危ない！」と叫びますね。「危ない！」と言った瞬間に、わたしは思わず手をさし伸べている。そこ、子どものところにいるわけです。そういう意味で、自然科学的な均質な空間での距離ではなくて、縦の関係ですね。相手との隔たりというか、奥行きというか、関係の中の距離と言ってもいいのですが、これは全く変動する。それは日常生活の中にも常にあるわけですけれどね。すぐ近くにいても、話しているのに、無限に、相手と遠い感じがする。あべこべに、遠くにみえていても、パッと一つになって、と。

ちょっと脇道にそれますが、距離が変わるということは敢えて言うと、対象との関係が、さっき言ったことばで言うと、ESとの関係が変わるということです。人間関係だけではないんですね。

わたしは若いころ弓をずっとやっていました。戦争中のことです。戦後、敗戦以降は、一本も引いていません。その以前には、明治以降ではわたししか持っていない、一昼夜二十四時間射続けて一万本という記録を持っていたりするんですけれども。そのくらい一所懸命だった。的をねらいますね。的は三十メートルくらい先にある。ところが絶好調の時、弓をひき絞ってじーっと狙っていると、的がこの辺に来るんです。三十メートル先ではなく、肘《ひじ》のところに見えてくる。手がもう、的の中に入っているわけですから、これは外れっこない。実際、矢は外れない。対象と自分はある集中に入ったときに、そういうふうになる。

明治時代、仙台に阿波研造という弓の先生がいまして、オイゲン・ヘリゲルという哲学者がその人のお弟子さんになって、後に『日本の弓術』という本を書いた。岩波文庫に入っていますけれども、これは書き直された論文ですね、初めの文章の方が率直に書いてありますが。その中に、阿波師範が、的と一体になるということを講義するところがあります。そういう意味で距離、隔たりは変動するというか、ゼロになる。ひょっとすると、ブーバーが“ICH-DU”というのも、そういう集中の中で成り立っているということかもしれない。

「からだにおけるドクサ」の吟味——第三のレッスン

「出会いのレッスン」のもう一つの例をお話しします。中年にさしかかった男の人、あとで聞いたらお坊さんだったのですが、足を引きずってまして、障害があったのです。外傷によるものだったようですが。このお坊さんとある女の人とが「出会いのレッスン」をやった。男の方がニコニコして近よって、いろいろ話しかける。すると、女の人が変な顔をして、すっと逃げる。で、また話しかける、また逃げる。さっき申し上げたようなパターンが起こったわけですね。かれはしかし、非常に執拗でありまして、追いかけていって、なかなかやめない。

それでいっぺん打ち切りまして、体験したことを聞いてみた。すると女の人はどうもかれが人間みたいな気がしない、という言い方をしたわけです。見ていた人からも意見が出て話しあった後で、もういっぺんやった。かれはやっぱりニコニコニコニコして追いかける。止めて、かれに聞いてみた。あなたはどういう仕事をしているのかと聞いたのかな、最初に。そしたら、実は坊さんであって、お寺が経営している幼稚園で、子ども相手に働いていると言う。「子どもさんはあなたに対してどうですか」と聞いたら、「わたしが近づくと子どもが逃げる」と言うんですね。そうかもしれないなぁ、「なんで逃げるんでしょうね」、「わからない」。一所懸命、声かけながらやっているんだけれども逃げられる、わからない。だから、レッスンに来たと、まぁ、そういうことらしい。

わたしは「さっきから見ていると、あなたは初めから終わりまで、ずっとニコニコ、ニコニコしてるけれども、それはなぜですか」と聞いたんです。かれが、ふっと顔色が変わってね、「これはわたしの態度です。こういうふうに決めたんです」と言う。「なぜ？」と聞いた。かれは障害のこともあってか、若い頃に、かなり荒れたようです。人に喧嘩を売ったり、そねんだり、ジタバタジタバタした。ところがある時、詳しいことは聞きませんが、たぶん仏道修行中のことでしょう、自分は一人で生きてるんじゃない、生かされている存在であるということに気がついた。自分は態度を変えなければいけないと決心した。人様には感謝して出来るだけ暖かい態度で接しよう、と決めて、以来こうやっていると言うのです。その時、わたしは思わず、「はぁー、それじゃあ、そのニコニコしてるのはあなたの看板ですね」と言った。そして「わたしはここであなたの看板に会いたくはない。あなたという人に会いたいのだ」と言った。途端に、かれの顔色が変わって、ジーッとわたしの顔を見ているうちに涙がポロポロおちてきた。

しばらくたってから、もう一ぺん、やってみますかと言ったら、やりますと言った。まず、さっきほど距離を置かないで向かいあって立ってもらった。ただし、笑わないで、とかれに言いました。女の人に今度はかれをどう感じますかと聞いたら、今度は人間に見えますって返事。はぁなるほど、と。では始めて下さいと言ったら、男の方がジリジリジリジリ近づいた。ニコッとしたくなる、それをぎゅっと止めて、息をしてまた近くまでいく。

そのうちにじっと止まったままだった女の人の方がふっと一足ふた足出た。と思ったら、男の人がぱーっと飛んでいって、女の人に抱きついて号泣したんです。

これを解釈しようと思ったら、いろんなことが出てくると思いますけれども、事例としてまずお話しします。この場合には、「出会いのレッスン」と言っても、二重になっていると言えます。男の人と女の人の「出会いのレッスン」と、かれとわたしの出会いがクロスしていると言ってもいい。かれのからだ、というか、「いつもニコニコしてるのはなぜ?」ときく形でかれの存在の仕方をわたしが問うたところから、わたしとかれの、もう一つの「出会いのレッスン」が始まっている。このわたしの問いかけはソクラテスのことばを借りますと、「ドクサの吟味」にあたるかと思います。わたしの場合には、からだにおけるドクサですが。ドクサとは思いこみと言いますか、偏見と言いますか。自分が気がつかずに、からだに現れている自分の存在の仕方そのものに気がついてみることと言っていいだろうと思います。

裸での新しい出発をくり返す

わたしは林竹二先生に協力して、神戸市長田区の湊川高校に十年、これは地元の被差別部落出身の生徒が当時六十パーセントという定時制高校ですけれども、ここへ授業と芝居を持って通いました。林竹二先生はソクラテスが専門の哲学者で、そのことばを借りると、ドクサの吟味はソクラテスの問答法の核心である。魂を委ねて、裸になって、裸になったその姿をまじまじと自分が見ることだという言い方をしています。ソクラテスは相手と話して、これは素敵なことだ、正義であるとか、善いことであるとか思っていることの根拠を問いただしていく。問いただしていくうちに、相手の答えがさっき言ったこととちょっと違うんじゃないか、となりまして、それで相手の人は、自分が当然だと思っていた根拠が実は、まことにあやふやなものであったということに、あるいは、根拠なんかなかった、ただの思いこみにすぎなかったということに、気がつく。

その時、自分が裸にされて、裸になって、相手の目の前に立っているわけですね。その自分の姿を見たときに、その人は非常に自分を恥じる。ソクラテスは、その恥ずかしくなったところから、人は新しい歩みを始めると信じていた。そこから人は新しくなる、ということにかれの方法があったわけですね。方法としては、わたしが志していることはこれに近いかと思っているのです。

だけれども、ドクサとはその人が個人で持つのではないわけですね。育ってきた社会生活の中で身についてくる。だから、世間の人々と共通の思いこみでありまして、その思いこみの組み合わせの上に、社会生活というものが成り立っている。だから、ドクサをひっくり返してしまうということは、その人の社会生活の根底をひっくり返してしまうことになりかねない。ですから、非常に恥じて、そこから新しく歩き出すという人も、もちろんいる。これは『饗宴』の終わりの方で、アルキビアデスが、ソクラテスに会うと、自分はこんな生き方をしてていいんだろうかと思って、全く恥ずかしくなると言うところがありますけれども、そういうふうになって、そこから新しく歩き出す人もいる。けれども、あべこべに、恥をかかされたと思ってこれを恨みに思う人も出てくるわけですね。プラトンは自分の師であるソクラテスが楽観的すぎたのではないかと後になって思う。裸になって、自分の姿を恥じたときに、新しく生き始める人と、あべこべに恨みを持つ人の方がずっと多いんじゃないかと。これは大変危険な方法じゃないかとかれは思った。それでかれは後に、ソクラテスの方法を発展させて、個人相手の吟味ではなく、多数の人を対象とするアカデメイア――大学の原型——を作る。教育のシステムを考え始めていくわけですが。

その裸になった魂はどこへ向かって新しく歩き始めるかというと、——プラトンがソクラテスの思想として、後でまとめているものから言いますと——人間の魂というものは、実は、人間のからだ全部を含んでいるんですね。人間という皮袋の中に詰まっている全部が魂であって、三部分ある。上中下と言ってもいいですが。まず欲望が腰のあたりにあり、それから胸あたりに名誉とか勇気とかを望む力、それから上に理性。この理性も二つに分かれていまして、下の理性は物事を計算したり、操作したりする、算術的理性とも言います。上の部分が善を目指す魂の最上のものであると、こう言います。善といっても、それはすぐわたしたちが考える倫理的な善というよりは、人が本当に求めるものを善と名付けるのだと林竹二は言いますが、そこへ向かって歩く。

善については有名な「洞窟の比喩」でかれは説明していますけれども、

しかし、わたしたちはそういう最高の価値として善を考えるという、思想の伝統の中で生きていない。日本では強いて言えば美がそれに当たるだろうと、わたしも感じますが、しかしその魅惑の怖ろしさをわたしは戦時下以来感じてきているだけに、厳しく拒否するものです。また雑駁な言い方をすれば、価値が破壊されてしまった時代にわたしたちは生きている。

林先生はプラトンの感じたことをそのまま、自分の身の中に感じておられた様子で、善に向かって歩くということを考えていられたようです。が、わたしはそのような超越的な価値を体感できないので、わたしがからだによって、自分のドクサを吟味すると言っても、気がつき目覚めた地点から新しく歩き始めるしかない。これでいいんだろうかと、自分に問い返してみて、また歩き始める。また、あるところまで行ったら、問い返して、これが本当だろうか、気がついたところからまた歩き始める……と、無限に問い返し、問い返して歩いていくしか仕方がない。

ある意味でわたしは、――おこがましい言い方をすると――プラトンからソクラテスの方法へ戻る、と言ってもいいか、と思っています。からだのドクサの吟味から裸になって新しく出発する目当てはない。「じか」ということのわたしの実感の中身であります。

からだの出会い――ヘレン・ケラーとアン・サリバン

最後に、からだとからだとがことば以前にどんなふうに出会うのか、ぶつかりあうのか、ことばは正確ではありませんが、火花を散らしあうのか、一つの例を考えて終わりたいと思います。それはアン・サリバンとヘレン・ケラーのかかわり合いについてです。ヘレン・ケラーを描いた有名な戯曲がありまして、『奇跡の人』。あれはかなりよく調べて書いたものですけれども、一番おしまいのところの話です。ヘレン・ケラーが蛇口から出てくる水の下に水さしをあてていると手に水がかかる。その冷たさを感じているうちに、「あっ、これがウォーターか」と気がつくという有名なエピソードが出てきます。しかし、そこに至るプロセスの戯曲における描き方は、わたしのように耳が聞こえない、しゃべれなかった人間から見ると、どうも嘘八百という感じがある。それで、その嘘八百についてじゃなくて、肝心なところだけを話してみたいと思います。

みなさんよく御承知の話ですけれども、アン・サリバンが十九歳かな、ヘレンが九歳ですか、サリバンが北部のボストンから南部へ、家庭教師という形で呼ばれて行った。ヘレン・ケラーは有名な三重苦ですけれども、アン・サリバンも実はほとんど目が見えないんです。強度の近眼で、目をすりつけるように辞書を見ている写真がありますけれども、視力が弱い。濃いサングラスをかけてないと目が痛い、日の光がダメだったんです。かの女はその当時、全米でいくつもなかったと思いますけれども、盲学校を出ている人です。サリバンはケラー家にきて、初めてヘレンの様子を見て、ほとんどカッとなる。両親に、あなた方はヘレンを飼っている犬か猫のように扱っている。人間として向かっていない、と言って、ヘレンに食卓のマナーから始めていろいろ働きかけるけれども、全然、受け付けられない。サリバンの匂いがしただけでバァーっと逃げてしまうというような。どうしようもないので、家の近くにある狩猟小屋に二人だけで、二週間閉じこもる。有名な話ですが。その間に、ヘレンが行儀よくナプキンをつけて、スプーンで食事をするようになる。それを窓から見ていたお父さんたちが喜んで、家へ連れ戻すということになる。さて、その晩、お祝いの晩餐になった。すると、それまでおとなしく、行儀よくなったと思われていたヘレンがナプキンを捨て、スプーンを床に叩きつけて、いきなり手摑みで食べ始めた。そして、サリバンの皿にも手を突っ込む、つまり、サリバンが来たときと全く同じ状態へ戻ってしまう。サリバンがそれを押さえる、取っ組み合いが始まる。

そこから先が戯曲は、わたしに言わせると嘘ばっかりということになる展開をします。実はサリバンの手紙を見ますと、そこから先は書いていないのです。他の資料をずっと調べて、いくらもみつかりませんでしたけれども、どうやらこういうことらしいということがわかったことを言いますと、父親が間に入ってくる、手を離してやってくれと言う。小屋にいたときはあなたに全権を与えたから、あなたにわたしが従った。しかし家へ戻ったら、ここでは自分が主人である。だから、自分の言うことに従えないのなら出て行ってもらいたい、こういうようなことを言ったようです。

サリバンという人は目がほとんど見えない、親もいないし、兄弟も救貧院で死んでしまっている。全く身寄りのない目の不自由な一人の女が放り出されてボストンに戻ったとしても、たぶん売春婦にもなれないでしょう。かの女はどういう屈辱感を持って従ったか、何も書いていないから、わかりません。その晩のことを、サリバンは、「ヘレンはその晩、わたしの部屋に来ませんでした」と書いているんですね、友人への手紙の中に。たぶん、サリバンの方は一晩中待っていたのでしょう。だけど、来なかった。

次の日の朝、呼ばれて、かの女は食事へ降りてくる。すると、ヘレンがもう座っている。それもナプキンをつけて。しかし、サリバンの言い方によると、「わたしが教えたようにではなく」、ここは肝心なところですね、「ではなく、自分で工夫して胸元に留めていました」と書いてある。たぶん、襟元に差し込んでいたのでしょう。で、すまして座っているわけです。サリバンはそれを見た。しかし、何も言わないで自分の席に行って、座った。そうして、食事は無事に、たぶん、ヘレンはスプーンで食べて、終わる。終わって、サリバンが席を立つと、ヘレンがやってきて、かの女の手をつかまえるのです。サリバンがびっくりして、これは昨日のお詫びに来たのかなぁと思う。ヘレンは大変うれしそうでニコニコしている。

二人はその瞬間から、一日中一緒にいるようになるのです。食事も一緒だし、寝るのも一緒だし、外へ行く時も。花にさわってみる。指文字を教える、しかし、これは何のことだかまだわからない。小鳥の巣の中に手を突っ込んでみたら、なんだかわからないふにゃふにゃしたものがいるので、ヘレンがえらくびっくりするというようなことがある。そういう生活が一週間続いた。そういう、二人がピタッとくっついて歩く、平静な集中の一週間が続いたある日の午後に、サリバンがヘレンに水さしをもたせて水を汲み入れている時に、この冷たさが「ウォーター」かって気づきが起こるのです。これならわかる。ウソじゃない。

変化の核心となるところは、ヘレンがナプキンを、教えられたようにではない形でつけて座っている、それを見たサリバンが何も言わなかった。これが勝負のポイントですね。あなたが教えたかったことはこういうことでしょうというサインを送っているわけだ、ヘレンの方は。サリバンが何もしないのはそれでいいのよっていう返事ですね。そこには立ち会っている人がたくさんいた。そうでしょう、家族の人がとりまいているのだから。しかしだれもなんにも知らない、なんにも起こらない。だから、これは芝居にならないわけですよ。しかし、ヘレンがナプキンをつけて見せたのは明らかに記号行為であって、これを広い意味でことばの範囲に含めるという考え方も出てきますけれども、しゃべることば、書くことばを言語というふうに言えば、それ以前の思考ですね。そういう次元で動いている問いかけがあって、それが火花を散らした。その時ヘレンは、この人には身を投げかけて信頼してもいいと全身心で納得したと、こう言えると思うのです。

戯曲を嘘八百というのは、いささか悪口になりますけれども、これはこの戯曲だけの問題ではない。ヨーロッパの学者で、日本に来て、ヘレン・ケラーについて話した人がいるわけですが、みんな同じ思考の上に立っている。つまり、ヘレンは「ウォーター」の体験以来、言語というものに目覚めた。ことばによって初めて理性と思考が生まれ、人間性に目覚めて、サリバンとの間に人間的な交流が起こって、目覚ましく成長していったという言い方をしています。しかし、それは極めてヨーロッパ的な、理性言語信仰に基づく考えだと思う。ヘレンのなげたボールは言語以前のからだから投げられた。それをサリバンは正確に受けとめた。なぜそれができたのか？　障害者同士だったからか？　サリバンの礼儀作法の厳しい訓練の底にひそむ「人間になるんだ！」という激しい叱咤と愛が、からだ全体で、いつヘレンに伝わったか、わかったか。言語以前に、ふれあって、つながりあって、了解しあう、ロゴスの働きがあるからこそ、言語というものに気がついたとき、急速に、思考が発展したと考えるべきでしょう。そこに気がつかないと言語を考える土台が違うんじゃないか、とわたしは考えます。

ブーバーは“ICH-DU”と一組になっている『対話』という文章の冒頭に、「伝達」について書いています。沈黙の中でも伝達があると自分は考えると。つまり、伝達は、言語の内容ではなくて、その外で起こっている、と書く。わたしはハリー・スタック・サリヴァンの『精神医学的面接』を思い出しますが、あの中に、「面接とは多くの人が考えているようにバーバル(verbal)なことではない。本質的にボーカル(vocal)なことだ。」と声の変化に留意しなくてはならぬ、と指摘しています。実感が、非常に、わたしにわかる気がする。

第3章　共生態としてのからだ
「ことばが劈かれたとき」を吟味する

ひとつの強烈な体験

一つの体験はたとえて言えばトルソーのようなもので、その時に見えたものは一つの光点から強烈に照らされた形が浮かび上がって意識に刻みつけられるが、ある日別の光源から光が当たると全く気づいてもいなかった別の面がまざまざと見えてくる、ということがある。ひとつの鮮やかな体験のうちには、多様な局面の断片の混沌と、多くの芽吹きとが含まれていて、その当座あらわれた光線による意識化が実った後から、多くの胚種が、また多角的な稜角が姿を現してくるものだ。これがいくたびも重なり自覚が重層化してゆくことが、その人にとって「ものごと」が見えてゆくこと、からだが変わってゆくということ、そして歴史を刻むということであり、あえて言えば、成熟してゆくということなのであろう。

わたしにとって生涯最大の転機の一つ、「ことばが劈《ひら》かれたとき」――言いかえれば、閉じこめられていたガラスの壁がふっとんだとき――劈かれたのは、今気がついてみれば、「ことば」＝「声」ではなかった。外の風に吹きさらされて立ったのは「からだ」、声を、叫びを発出する基盤、ことばを生み出す源のからだである。もう一つ正確に言えば、この時点においては「言語以前のからだ」であった、ということが、今ようやくはっきり見えてきている。（ここで「言語」と呼ぶのは、システムとしての言語としてということで、「話しことば」としての「ことば」と区別している。言語学でいう「ラング」と「パロール」の分類に近いだろう。)

まずその体験がどんな状況においておこったか、『環』(三三号特集「世界史のなかの68年」)のコラム「私にとっての68年」に書いたことを要約しておくと――当時二つの要素が自分の身心に渦巻いていた。当時わたしは新劇の演出者だったが、台本のシーンの社会学、心理学的分析によって作られたプラン通りに肉体を操作してゆく近代的演技手法に窒息して、内発的な自由な演技、全身心が躍動するアクションを求めて必死にあがいていた。当時の言い方に従えば「身心の融合」を求めて。しかし、意識が肉体を操作するという二元論――世間の習慣知であり自然科学的な常識知(ということを後に出会う現象学によって初めて学ぶのだが)――それ自体を疑うことを知らずに、必死になってのめり込んでゆくと――それはわたしだけではなく多くの演劇その他の理論で共通だったが――、一種の狂気を目指さざるを得なくなる。そこへしゃにむに自分を追い詰めていこうとしていた。

もう一つは個人的なことです。自分はもともとしゃべれなかった者で、この少し前にも失語の状態が再起していたが、それが外れたらべらべらとめどなくしゃべる饒舌と失語が交代して起きるということが続いていた。しかもそのべらべらしゃべっているときに、自分がここにいると思っていない。人が目の前で聞いているけれども、自分はどこか別のところに行っている、「ざまあみろ、ほんとのオレはこんなところにいやしねえんだ」とせせら笑っている。これは後で診断されてしまったように離人症だったのだろう。それまでに制度としての言語はかなり習得していたわけだが、情念やイメージの表現としての、つまり感情的表現の話し言葉を、知らない——これはたぶん幼年時代に身につくよりないことで——。言語によって情念を表現する方法をほとんど知らなかったということから来る閉塞だったのだろう。この二つの状態に自分は追い込まれていた。

そういう状態から爆発的な転回が起こった。それが、「ことばが劈《ひら》かれたとき」と呼んだ体験である。それを再吟味してみよう。そのためにその当時何があったかを、具体的に、スローモーションフィルムのように呼び覚ましていってみる。

声が出たのだ!

わたしはその時、当時先鋭な前衛演出家としてヨーロッパで名高かったグロトフスキーの発声訓練の一つを試みていた。目の前に紙を置いて、声によって破る。紙は、枠にはめてあるのか手で持っているのか、ぶら下げてあるのか、そういうことも全くわからないが、とにかくやってみようと、仲間たちとコンクリートむき出しの四角い壁の半地下のけいこ場で、体当たりでやってみた。友達が手に紙を持ってぴーんと引っ張っている。そいつに怒鳴りまくる。声がうまく出せない時期だから、のどに渾身の力を込めてわめくしか方法を知らない。力任せにわーっとがなっているだけだ。

やっているうちに、あてどなく広がっていた声がだんだん紙にぶつかるようになってくる。一つの焦点に向かって声をぶつけることが出来てきた。はあ、するとこうかな、ああかなと口をタテに大きく開けたり、歯がみしているように横にぎゅっとひっぱってみたり、工夫してはただ怒鳴る。汗まみれ。のどが痛くなると水を飲んでうがいをしてまた怒鳴る。友達も帰って、紙もすてて、目の前に想定した一点に向かってからだの中身をたたきつけるみたいに、怒鳴る。なん時間やっていたろうか。

いきなり頭蓋骨がびーんとした。しびれが走るようになって、火柱のようにに声が中空に突っ立った。あっと思って息を継いでもう一ぺん。頭からからだ全体が一つの筒みたいになって、その真ん中を音の柱がびぃんと吹き上がっていく。うまくいかなくて途切れる。またからだを調整してやり直すと、また音が吹き上げていく。無我夢中。なにがおこったのか、よくわかっていない。まだ自分がやっていると気づく前の、ただそういう動きがいきなり起こってきている。西田幾多郎ふうに言えば「自も他もない」、純粋経験と言っていいかもしれない。

繰り返しているうちに、声が出たのだ、と気づいてくる。声がからだに響いている知覚が生まれてくる。声が広がってどこまでも響いていく。響きが世界を広げていくというか、世界が広がりながら響き返してくる。自分が世界の中に立っている――いや、まだそこまで行かない。まだ世界があるとか声があるというところまで行かない。自覚にまでならないけれども、どこかで感じ始めている。

「アーラヤ識」

仏教の唯識論では、深層意識の一番底に「アーラヤ識」をおく。「アーラヤ」は「蔵」と訳され、すべての体験が種子としてそこにおさめられて、そこからまた新しい現行《げんぎょう》となって現れてくるところ。しかし、アーラヤ識、「識」という言葉がついていることは、何かを意識しているというか、見ているというか。

何を見ているかというと、長尾雅人《がじん》氏（仏教学者）によると、「処《しょ》の了《りょう》別《べつ》」と「有根身《うこんしん》」という。単純に言うと――「処の了別」とは、何か漠然と外と内の差を感じているということ。はっきりしていない、認識などということのずっと手前で、だけれどもどこかで外を気づいている。それが一つ。それから「有根身」というのは、これはからだということだという。

からだの存在を、どこかで感じている。

「自覚以前だけれど感じ始めている」、ということは、この言い方から感じとれてくる「アーラヤ識」の「識」のあり方に近いかと思う。わっと声が出て、声がひびいているということだけがあるのだけれども、そのいわば、西田幾多郎が言う「純粋経験」みたいなもの——あるいは原体験——の中で声が内から発していて、外にひびいていって、という「処の了別」と、それが起こっている「からだ」の感覚が始まっている。純粋経験の中にそういう動きがあるということ。こういう理解——というか分析の方法はヨーロッパの思考法とかなり違う。無意識の底で存在が自覚され始めているといったような言い方ができないこともないかもしれない。「わたし」があるとか「世界」があるというふうに明確に存在者を区別するのではなくて、その始源のところ、「あるということがあり始める」——

共振しあう新しい世界

そのとき、「場」に人がすっと入ってきた。このときにはまだ人影。うまい言葉だと思う、影なのだ。実在感以前に、人が出てきたということだけはわかる。ずっと声を出しているから、ふっと見た途端にぱんと声がそちらに向く。多分「おはよう」とか言ったのだろう。それをスローモーションふうに言うと、自分が呼びかけたというよりも、影が動いた途端にそれに引き寄せられるように「呼ばれた」。呼ばれてふわんと動いた。ぴくっと人影が動いてこちらを向いて、それは親しい友人なのだが、今は全く違う。驚いた顔がむき出しになって、なまなましくて、中身がべろっとむき出されてきたみたいな、ある力の塊みたいなものがわっと見えた途端に動いて、ということはわたしのからだに声が、返事が響いてきたということ。

声ということもそのときは気がつかない。じかに響いてきて、肉を揺さぶって、からだの奥から声を引っ張り出すというか、湧き立たすというか。気がつかないうちにもう答えている。

今度はかれのからだに声が入っていくのが見える。声が、あっ、届いた――入っていったのが見える。と思うと相手のからだがふっと明るくなって、波がこちらに戻ってくる。わたしのからだの芯がぱっと波立って、それに答えている。先ほど声が火柱のように立ったのとは違って、花が開いたみたいにからだの弾みというか、声の弾みが一ぺんにはじけるみたいに声が行って、向こうから戻ってくる。

相手という人間がくっきり現れてきてはいない。柔かく重い塊みたいなものが響き合う手ごたえみたいな形であって、こちらにもそういうものがあって、波動が応えあっている。「わたし」というものはまだない。からだと声が一つになって向こうに動くと向こうが動いて、今度はこちらが応えてというか、響き合っている。

そのときに、今まで自分はこういう世界にいなかったということを、どこかで感じている。新しい世界。そして向こうとこちらとが、動いてこたえ合っている場が——まだ認識されていないけれども——ある。こちらと向こうが、いわば楕円の二つの中心のように響きあって共振している。そういう、動いているものとしてあるということの手ごたえの驚きでいっぱいになっている。

笑い声がわっと弾けて、向こうも多分笑っていたと思うけれども、とにかく笑い声が弾けて世界が笑っている。

「動く無」が動いている

次の日になると、強いて言えば体験が自覚に移っていく。世界が全く洗ったように新しく感じる。家から駅に歩いていく途中で、行き交う人たちがみんな生まれたての人みたいに新しく見える。声をかけると声が相手のからだに触れたのが見える。ぱっと相手のからだが動いてこちらに顔が向いて、笑いが広がって、まざまざとそこに「あなた」がいる。ある一人の個性を持った、人格を持った一人の人間、昨日まで知っていた、ある歴史を背負った人間が新しい存在として現れ出たということとは、少しちがう。生きて動いている存在そのものが見えてくる感じ。

二日前には、自分は、おずおずと相手と距離をはかって、出ない声を必死に出そうとしたり、もうちょっと広げようとして頑張っていた。そのときには相手と隔てられた「わたし」というものを強く意識していたが、その「わたし」はもうない。相手と自分との間にあった距離は——壁と言ってもいいし裂け目と言ってもいい——なくなってしまって距離がゼロになって、じかに動けばじかに答えてくれるということがそこに成り立っている。二日前までひどく凝り固まっていた「わたし」はどこかになくなってしまって、動く無といったようなものが動いている。

このときから毎日人に会うことがお祭りみたいになったことは前章で少し述べた。

虚無感が消えた

それに伴って大きく変わったのは――大分たってから、気がついたのだが――虚無感が消えていた。その虚無感は長いことわたしの基底を形作っていた。この虚無感は、一九四五年八月十五日の敗戦の朝、わたしをとらえたまま二十五年間動かなかった。その前夜八月十四日の晩、友人が前閣僚からの情報として、日本政府がポツダム宣言を受諾した。あした天皇の放送があるということをひそかに知らせて来、第一高等学校長、後に文部大臣になった安倍能成《あべよししげ》に急いで知らせ、建物は陸軍第一師団の司令部に接収されている中で、秘かに全学の主だったものを集めて対策を協議する。

燈火管制でまっ暗な中を三階の部屋にもどる。明るくなってくる空。わたしは泣いた。世界が全く変わってしまったのに、何でまだ陽が東から昇ってくるんだ。世界はすでに失われてしまったのに、太陽がまた昇ってくるなんてことはあり得べからざること——あってはならないことだった。壊れてしまったはずなのになぜまだ世界がそのままなのか、なくなったはずの世界がなぜまだあるのか。無であるはずのものがなぜ有であるか。目の前にある現実は本来ないもの、あってはならないもの、命のない、影。この非実在感は、ずっと消えることがなかった。わたしにとって生きているとは、この非実在感の上に漂い、これに抗ってもがいていることだった。

何十年か経っても、渋谷駅におりてみわたすと、焼け跡に、あちらこちらに焼けた木がねじ曲って立って、防空壕にトタン板で覆いをして洗濯物が引っかけてあるといった風景がまざまざと見える。その前に影のように高層ビルが建っている。ビルは虚像であって、そこに崖があってその上に煉瓦の壁が崩れていて……。

焼跡とは死の場所であって、死が常にそこにいる。死は去ってゆかない。わたし自身戦場における死ばかりを、生の到達点として見つめ、それに向かって歩いていた。それしか知らなかった。敗戦によって突然、「義務としての死」は消えた。がわたしはそして多くの若者たちも、生きる目あてを失ったまま、生へ向かってどう歩いたらいいか知らない。

わたしがその死を見た人々——東京大空襲、無差別爆撃の焼死者たちもだが、戦場で死んだ友人、先輩たち——かれらの死、あれほど懸命に死ぬ意義を見つけようとあがき、母を、姉妹を守るために殉じようと思いつめていたひとりひとりの死に、なんの意味があったろうか。すべて犬死だった。たまたま生きものとしては生き残ったこのわたしの生になんの意味があるのか。（これを虚無感と気づくのはずっと後のことだったが。）

焼けこげた銀杏の黒い幹に、ある日緑いろの宝玉のように光る芽がふき出す。このように、死の底から内発してくるものは、わたしにあるのか？

人々は、わたしも、飢え、とにかく喰らわねばならぬ。生きものとして、人は生きなければならぬ。「殺されてたまるか！」怒りの呻きだけは虚無の中に明滅するが、他にはなにもない。軍国主義に代わって新しく立ち現れた政治形態としてのデモクラシーは占領者に対する低頭の儀式、テンノウヘイカバンザイに代わるマッカーサーバンザイ、アメリカ万歳、として目の前を通りすぎてゆく。

一九五二年の「血のメーデー」で警官隊の催涙ガス弾にやられた時も、一九六〇年の安保闘争の国会議事堂周辺のデモで、右翼に五寸釘を植えた角材で殴り込まれ右手を折られた時も、なにか一つ非実在感は続いている。離人症とはその凝縮した形だったのかもしれない。

そういう虚無感みたいなものがガラスの壁の砕けるのと同時にスカッとひっぱがれてなくなった。光をいっぱいに浴びている。ガラスの壁とは、実は声の壁ではなくて存在の壁、逆に言うと、非現実感の壁そのものが壊れたということ。相手の人がじかに「いる」、というよりも「ある」。動いている。そのなまなましさ、世界を織り成す一つのものとして、わたしと同質の存在者として「ある」。それは圧倒的だ。いやおうなしにあるので、これは受け取るより仕方がない。非実在感が入りこむ余地はない、全肯定という言い方をしてもいい。

「ある」ことの圧倒的なあらわれ

「ことば」に到達しようと無自覚にあがいていた「言語以前のからだ」が、声と一体化したとたん一気に顕在化した。生き始め存在し始めた、と言ってよいであろうか。それは固定化した「肉体」ではない。「見えないからだ」。動いている「いのち」――原義に従えば「い」は息、「ち」は勢いだから「息の勢い」――が「あちら」とひびきあい、この場が生きて動く。仏教で「一味平等」とはこの世界か、と思う。が、今わたしは「共生態としてのからだ」と呼びたい。メルロ＝ポンティのいう「間身体性」の凝縮した体験と見なすこともできるかと思う。

虚無感が消え、「ある」ことに圧倒された日（まだ無自覚であったのだが）以来、生きるとは耐えることではなく、他人とふれあうことによってなにかが生まれてくること、になった。ただし虚無がなくなったのではない。「ある」は実体ではない。「無」から生成する。「あなた」は虚無から立ち現れる。わたしが目覚めなければ「ある」はない。むしろ、虚無あるいは意義を拡大して「空」が、初めてわたしに現れ始めたといってよい。

「共生態」とは、わたしの著書『子どものからだとことば』（晶文社）で、子ども同士のからだが響き合い、というより伝染しあって同じ動作を楽しみはずむ有様を指して用いた用語だが、ここではより一般的な意味で用いたい。

これを精神医学風に定式化すれば、H・S・サリヴァンのことば、

「いかなる二人関係の中にある個人もすべてその対人の場の一部と化し、場と相互作用を行う諸過程に巻き込まれるもので、もはや独立した一個の実体ではない」

ということになるだろう。

だがこれは現象の客体的な記述である。その「からだ」の出現に立ち会い自覚した「わたし」にとっては、「からだ」の変貌をきちんと記述し、かつそれを十分に生きることができるためには、どのような事柄として理解していったらいいだろうか。

「共生態」ということ

「秘密は、わたしの身体が見るものであると同時に見えるものだ、という点にある」と、メルロ＝ポンティは『眼と精神』で書いている。わたしのからだはわたしによってさえも見ることができる。それゆえ「物のあいだに取り込まれ」る。つまり一つの「物」だ。しかしわたしのからだは動いて「物」に働きかけ「自分のまわりに物を集める」。つまりそれらの「物」は、いわば「わたしの身体の延長である」。

わたしのからだの延長としての相手。その相手の働きかけてくる動き、すなわち相手のからだの延長としてのわたしのからだ。これをわたしは共生態と名付けたい。

これの「出現」あるいは「気付き」は、一つの体験というよりは一つの転回であって、全身心での存在の仕方が全く変わってしまうことになる。どのように変わるか。

(一) 相対する場合に限らず、ある姿勢、ある行為をする人を見つめていると、そのからだの動きが、すっとわたしのからだに移ってくる。共生態というほかないような共振である。その人の意志していることではなく、からだがどの方向へ動こうとしているか、志向性というべきものが、わたしのからだに移って、というより生まれてくる。わたしのからだがきしみ、ゆがむ。身を守ろうとしているか、出てゆこうとしているか、その二方向がどのようによじれながらひしめきあっているか、未来へ向かって身構え動きかけているからだ(実存と呼んでもよい)の方向が、わたしのからだの身構えを押しのけて抵抗感をもって動く。だからこそ無自覚な当人より明確に、わたしに知覚されてくるのだろう。

（二）他人に呼びかける、という行動は、多く、孤立した自分が孤立した相手に、声という、いわばつぶてを投げつけることのようにイメージされている。しかし、このような行動は正確に相手にとどくことは少なく、多くの場合、声は手前に落ちたり、逸れたり、飛びこしてしまう。近づいていった声が止まってひっ返してゆくことさえある。

呼びかける、という行動は、「共生態としてのからだ」から見れば、全く違う様相をあらわす。そもそも、この人に呼びかけたいと思うこと自体、その人のからだがこちらを招いているからこそひかれてゆくことなのだ。呼ばれるからこそ、応えて呼びかける。その時相手と自分とは孤立したものの対立ではない。すでに一つの波、動きに動かされひきつけられ同調しているのであって、自分と相手とは共に生き、間に距離はない。言いかえれば「呼びかける」とは相手との距たりがゼロになること、二人だけがあり、他の世界は消えてあること、である。このようにからだが動いているときのことを、わたしは、「わたしが真にわたしであるとき、わたしはすでにわたしではない」と言う。

(三) 時間の感覚が変わること。谷川俊太郎作の詩「生きる」の中に、「いま　いまが過ぎてゆくこと」という一行がある。

まことに美しい。日本語としてこのような抽象語によって時の動きを表現できるという例はほとんどない、と思う。わたしは、ゲーテの、有名な「時よ止まれ、おまえは美しい」(Verweile doch! Du bist so schön!『ファウスト』)を思い起こす。これに匹敵するみごとな句だと思う。

しかしある日突然この美しい句が異様に空虚に感じられてわたしはぎくっとした。なにか、わたしの生きている世界ではない、と感じた。立ち止まっている目の前を「時」が流れ去ってゆくイメージはわたしを呆然とさせた。ではわたしにとって、「今」はどう動くのか。しばらくして浮かんできたのは、「いま　いまをこえてゆくこと」であった。

「共生態としてのからだ」にとっては、世界は「わたし」の容れものではない。世界はわたしのからだの延長であり、「わたしの身体という布地で仕立てられている」。わたしが動くとき、時は起こる。

(四)このような「共生態としてのからだ」——やさしく言いかえれば、「ひびきあうからだ」であり「応えあうからだ」——は、社会的慣習としての日常性の中で育ち、制度を刷りこまれ、儀式と行儀のパターンによって構成された「からだ」に、異様に歪んだものを感じる。ひとつひとつ孤立した、仁王立ちしている姿勢——これは交流を拒否している。動こうとせず、応えようとせぬ身構えだ。胸の張り出し、肩の怒り、あるいは背を丸め胸を凹ませたまま固まって閉じこもる上体。公立小学校における「三角座り」

（体育座り）――手も出せず息さえひそめさせる――の強制。「からだにおけるドクサ（思い込み、偏見）の吟味」は、ほとんど自然発生的に始まる。しかし、これを反対の視線から見れば、「どうしてそんなに無防備でいられるの？」という問い返しになるだろう。

からだの深みへ

「からだ」を共生態としてとらえることは、（対人関係における）水平方向の波動のヴェクトルを見ることだと言えよう。

「からだ」にはもう一つ垂直方向の（個のからだの）深みへと根底をつきとめようとするヴェクトルが否応なしに姿を現してくる。日常的な表層意識から、近代心理学では無意識と呼び、仏教の唯識論では第七末那識から第八阿頼耶《アーラヤ》識に至る深層意識の世界である。その層構造を井筒俊彦は『意識と本質』（岩波書店）の中で一つのモデル図で示している。

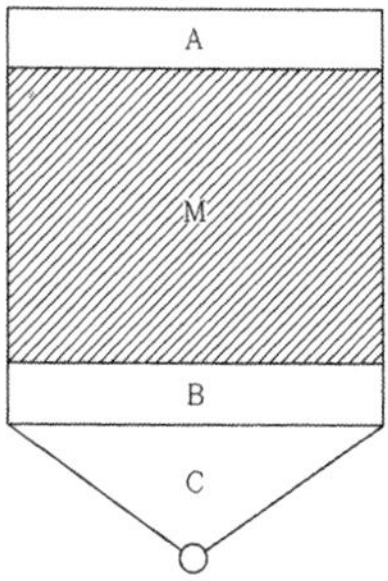

A……表層意識

M, B, C……深層意識*

M……「想像的」イマージュの場所

B……言語アラヤ識**

C……無意識***

○　＝　意識のゼロ・ポイント****

＊西欧心理学のいう無意識
＊＊大体においてユングのいわゆる集団的無意識にあたり原型成立の場
＊＊＊無垢識と呼ばれることに近いか
＊＊＊＊心のあらゆる動きの終結する絶対不動寂莫の境位

井筒俊彦『意識と本質』より
＊は竹内による補足

そのからだの深みに潜り、そこから湧き出てくる見知らぬ自分を表現としてつかもうとする試みをレッスンの形態で言えば、「砂浜の出会い」（これは、からだで動きながらの瞑想と見ることもできよう）、「仮面と憑依のレッスン」、「夢のエチュード」――「クラウン（道化）のレッスン」もこれに属するかもしれない。

そればかりかそもそも「演劇とは表層と深層二つの世界の出入りそのもの」とも言えるので、近代のリアリスティックと呼ばれるドラマにおいても、後の情熱のほとばしる頂点においては、K・C・スタニスラフスキイの言い方に従えば「無意識の働き始める」瞬間が来るのだ。

しかし、「からだの深み」を体験し始めるや否や、わたしたちは想像的イメージの渦の中にまきこまれる。色や凄まじい光、奇怪な化け物の断片、心理学的に言えばさまざまなコンプレックスであり、仏教で言えば無明の諸欲の渦であり、悪魔や天使に止まらず時には讃嘆すべき神や仏の御姿まで現れるだろう。まことに、からだの問題に手をつけるのは、地獄の釜の蓋を開けるようなものだ。

この下降上昇の圧力と、他者との共生に動く水平の脈動とは、ある地点で十字の形に交叉しているのではないようだ。垂直のどの深度の層においても、水平のヴェクトルは脈うっている。

来談者中心療法で有名なカール・ロジャーズは、マルティン・ブーバーとの対談の中でこう語っている。

「少なくとも正統派精神分析の観点の多くは、えー［二・七秒］一人の人間の覆いが除去されるとき、つまり人間の内界へと実際に降りていったとき［ブーバー　えーえー］えーそこにはほとんどが制御されなければならないような［ブーバー　う、うん］本能や態度などから成り立っている［ブーバー　うん］という観点を持っていると思われるのです。えー、ところが、それはわたし自身の経験とはまったく正、反対であります。［ブーバー　えー、うん］一人の人間における最も深層にあるものへ行き着いたとき、そこにあるものは建設的であると最も確信できるもの、社会化やよりよき対人関係の発達などへと向かうと最も確信できるものにほかなりません。」

（『ブーバー・ロジャーズ　対話』R・アンダーソン他新編集、山田邦男監訳、春秋社）

これは、精神分析とロジャースの療法のどちらが「人間の内界」を正確に見ているかという次元の問題ではないだろう。前者が個人の内面を垂直に降ってゆくときに現れる風景を客観的に解釈する、と言うならばロジャースはどの地点かにおいて水平の流れ、自と他の間に共生態の姿が立ち現れるかを探し求めている、という違い、克服し否定すべき自分にではなく、すべてを受け入れてくれ、支えてくれる相手に出会う可能性を目指している、という違いと考えることができよう。前に述べたユングの高弟ハンス・トリュープの探求は、この両者の統合にあったと見てよいのだろうか。

『趙州録』第一八二にこんな問答がある。

「崔郎中問う『大善知識も、また地獄に入りますか』

趙州が答えて『わしはまっ先に入るな』

崔が驚いて『すでに大善知識なのに、なぜ地獄に入るのです』

趙州曰く『わしがもし入らなかったら、どうしてあなたに会うことができるか』」

水平のヴェクトルの働きは地獄の底にまで及んでいる、ということだが、この地獄とは意識の深層というよりはむしろ我欲我執の渦巻く世俗世間のこと、さらに言えば「今、この時、この場」のことだろう。すなわち垂直のヴェクトルは下方のみでなく、上方の社会生活にも広がるのであり、水平のヴェクトルはそこに働いていることを示している。

この、浸透し合う十字に交叉するヴェクトルを、全面的に展開し統合しようと苦闘した作品として、ゲーテの『ファウスト』を思い浮かべると言えばいささか飛躍しすぎると言われるだろうか？　わたしの「地獄の釜の蓋を開ける」は、いわばファウストの地獄めぐり。しかし、わたしにおいては、道案内の道化役、メフィストフェレスを、自らの存在の裡から析出する強靱さを持ち切れぬまま、よろめき歩いて来たにすぎない。と言うのもおこがましいが、ゲーテにしても『ファウスト』を完成するまでに数十年、生涯草稿を秘したまま人に見せることがなかったのも、当然だと言ってよいのだろう。

世間という制度への無知

わたしは、「ことばが劈《ひら》かれたとき」、わたしには今まで不十分にしか発語できなかった言語が自在に発音でき、他人に届けることができるようになったのだから、社会生活に自由に参入できるようになったのだ、と思い込んだのだが、これは大きな錯覚だったと言わねばならない。

言いかえると、「言語以前のからだ」がことばを獲得して「言語をもつからだ」となったと思いこんだわたしはあまりに単純すぎた、ということだ。第二次言語の切れ端をなんとか操作することをおぼえ始めていた時、「言語以前のからだ」は隠れたまま眠っていたのであって、それが一気に目を覚まして、第一次言語を芽生えさせるからだ、言語に向かって飛躍しようと身構えるからだになりえた、といったところであろう。その第一次言語――話しことばは、まず共生態の相手に向かって発せられた。

わたしは第一次言語を語り出せるようになり始めた。あるいは、今まで習得して来た第二次言語を、第一次言語に還元して、「わたし」の表現として発語することへなんとか出発できた、ということだ。

わたしは第二次言語によって成立する社会、むしろ世間という制度についておよそ無知であって、そこへ第一次言語をじかに持ちこむことが、いかに理不尽なことであるかを全く理解していなかった。わたしが学ばねばならないのは第二次言語、そしてそれによって成立している世間、ハイデガーが『存在と時間』で執拗に描き出している心配と好奇心とおしゃべりに明け暮れる「非本来性」の実存の諸様相であったのだが、わたしは喜びのあまり性急であり盲目であった。また生来ことばの不自由なものにとって第二次言語の微妙な操作に追いつくことは無理というものであったろう。「共生態」に目覚めたからだは無邪気に無防備に信頼しきって真情を語りかけた。これは木下順二作の戯曲「夕鶴」の女主人公「つう」と同じ立場と言ってよい。世間の言語表現に直面したとき「わからない、あんたの言うことがなんにもわからない」と叫ぶ事態に、早晩ぶつかる運命だった、というほかはない。

霧がはれるように見えてきたことがある。世間一般の人は、他の人と、ことばによってふれあおうなどとしてはいないのだ、ということだ。世間の人は、むしろ他人と距離をおき、自分が傷つかないようにかくすためにことばを使う。自分を誇示するために装い、飾り、防衛のためにことばの弾幕を張っている。

カンタンに言えば、ことばはウソである。ウソという煉瓦で築き上げた壮麗な大建築、それが「世間」と呼ばれる社会なのだ。

「ことばはコミュニケーションの道具だと？　ウソつきやがれ、かくれみのじゃないか！」

ことばの不自由なものが必死に発する声とことばは礼儀正しく受けとめられ、防壁外で処理されて相手のからだには届かない。その壁を突破して「じか」に相手にふれようと身もだえして叫べば冷静に身をかわされ無視され、あるいは押し止められる。健常者にとってことばとは情報処理のゲームであって、からだの芯にうずくものとは回路がつながっていないのだ。ということを、ことばの未熟者は理解できないで立ちつくす。（拙著『癒える力』参照）

「真正のことば」へ

（一）　第一次言語とは、今生まれつつあることば、生まれる過程において意味を形成してゆくことばであって、息づいていることば、なまのままのことばである。衣裳も鎧もつけずに第二次言語の世界に立ち交われば、社会に通用する以前の未完成品の言語としてたちまちはね返され、からだは深く傷つくことになる。

しかし、それでも、人は人に呼びかける。これは人間であることの根源的な行為だから。

(二) くり返し使われ意義が社会的に確定した第二次言語は、生まれた状況から切り離されて「死んでいる」。それをよみがえらせることによってのみ、「言語以前のからだ」、すなわち「真正のことば」を生み出すからだ、は、制度としての言語を、自分のものにする——身につける——ことができる。

「どこかではるが生まれてる」で始まる歌がある。「どこかで」と単調に発音してしまえば、「ここで」も「そこで」も、文の意味を思考として弁別するだけ。イメージも息づかいも語調も、つまりはことばの実感としては聞いてなんの変わるところもない。しかし「どこか」は「ここ」や「あそこ」のように特定の場所を指示することばではない。指示することができない、ということばだ。指示「できない」とはどういうことか？ どういう行動でありうるか？　「ど」「こ」「か」と一音一音を発しながら、あっちを見、こっちを探してみる。が、ない、とうろうろすることが「どこか」ということばの「行動」。こうやって動きながら発音してゆく。語音がゆるみ、ゆらぎ、ふたしかに息が動く。やっと「どこか」ということばがあぶなっかしくも生きてくる。というより「生きられる」ことになる。

この時はじめて「言語以前のからだ」としての「わたし」は「ことばを語るもの」として生きる。わたしのレッスンの一部はこのプロセスの執拗なくり返しである。「真正のことば」と「慣習としてのことば」の溶接とでも言おうか。「アクションとしてのことば」の発現であり、表現行動としての発話と言ってもよい。

(三)　ことばの不十分な「言語以前のからだ」は、存在そのものが第二次言語によって構成される社会的日常慣性に対する「問いかけ」なのだが、それは、気づかれることは稀である。

音楽家の武満徹は書く。

「どもりは革命の歌だ。どもりは行動によって充足する。その表現はたえず全身的になされる。少しも観念に堕することがない。」(「吃音宣言」)だとすれば、ことばを不十分ながら持ち、(発し)第二次言語の世界へ入ってゆくためには、その不十分な「ことば」によって「問いかける」しかない。

「なぜウソをついたの!」はその最も鋭い、最も原初的な形態だ。第一次言語を生む「からだ」から、第二次言語を操り、それによって構成されている「からだ」に向けて発せられる問いは、すべてこの一語に尽きるといってよい。

この問いかけはふつうに言う質問とは違う。答は知らないし、あってはならない。問われたものの転回のみが「応え」である。ソクラテスの問答法は同じ問いを問いかけている。

しかし、(一) の被排除から、この反転としての問いかけに至るには「言語以前のからだ」そして同時に「共生態としてのからだ」は、方法的な自覚の苦しみを嘗めなければならない。

さらに言えば、イバン・イリイチがくり返し引用するイエスのエピソード——学者の「隣人とはなにか」という、対象定義の要請——ということは主体としての自分を排除する努力ということだが——に対してイエスが、強盗に襲われ溝になげ込まれた傷ついたユダヤ人を見すごして去ったユダヤ人たちと、助けの手をさしのべた異教のサマリア人のたとえ話をきかせ、「だれが隣人だと思うか」と反問したのが、制度的慣習に対する、「共生態としてのからだ」からの、究極な問いの形だと言えるだろう。このことについては、次章でくわしく述べる。

＊「対話」がどのようにして成り立ちうるかはまた別の考察を必要とする。一つだけ触れておくならば、「耳を傾ける」という行動が成り立つためには、「共生態としてのからだ」の感覚と共に「ことがらの真実」に対する志が必要であること、を挙げておきたい。

Ⅱ　〈出会う〉ということ

ああ聞えてくる、わたしのまわりに上海から湧き上る
ゲリラ戦の遥か彼方のつぶやき声と入り交って
「人間」の声――「われらの狂気を生き延びる道を教えよ」。

凍った心臓の完全な礼節を掻きむしれ
もいちど心臓に無作法と血の気を強制せよ
心臓が患ったすべての悩みのため泣きながら証言せよ。

（中略）

ああ。あの日のきたるまで、われらかの「大義」の透明なる教えを踏み、
われらを高め、慈しみ、曳きゆきたまう大いなるかの力の影に立ちて
人間われらの正しさが悉く歓喜し発効し
われらの星から贈物となる日のきたるまで。

（W・H・オーデン「支那のうえに夜が落ちる」深瀬基寛訳）

第4章　神の受肉の延長

イバン・イリイチの信仰のからだ

いのちの声――イリイチ『生きる意味』

イバン・イリイチの生前に刊行された最後の著書*IVAN ILLICH IN CONVERSATION*（邦訳『生きる意味』藤原書店）は、『脱学校の社会』『脱病院化社会――医療の限界』から始まるかれの現代文明への根底的批判の足跡をふり返り、その動機や顧みての自己評価などについてインタビューに答えて語ったもので、同時代を後ればせに生きたものにとって胸打たれることの多い語りであるが、その最終章は「偽神と化した『生命』」と題されている。これは他のインタビューとは三年半の後に独立に語られたことばで、かれの凝縮した思いを一気に吐き出したような激しさに満ちている。

この章によれば、かれは一九八八年、ルーテル教会で話した時、その始まりにいきなり、「生命なんて糞くらえ!」と怒鳴って人々を驚かせたというのだが、これは、信仰の核心たる大切なことばが、有名CMのコピーなみにもてはやされ変質させられてしまっていることへの怒りである。かれはカトリックの本山ヴァチカンにおいて、一九八八年に当時理論上の責任者ラッツィンガー枢機卿(現教皇)の出した一つの公式声明にその頽廃の最悪の形を見出す。

「すなわち、妊娠の瞬間から、一つの新しい生命が存在しはじめることは科学的事実であると。第二にかれはこう述べます。人間の理性は信仰や啓示によることなく、妊娠の瞬間に誕生するこの生命の中に、人間〔――すぐ後の文を引いて補えば――筆者すなわちキリストの同胞――〕としての人格を見出しうると。」（後略。イリイチ『生きる意味』三八六頁）

ここで言われる「生命」とは、科学によって定義された現象であって、キリスト教の信仰において本来呼ばれてきた「生命」とは全く次元の異なる概念にすぎない。伝統にもとづく信仰の純粋さを守ることに責任を有する人物がそのことに全く無自覚に、あるいは教会の政治的利益の確保のために無視して、世間通俗に流布しつつある科学上の定義の上に宗教の教理を接ぎ木するというごまかしを敢えてする。これは「生命」ということばのすりかえであり、宗教の根底を「科学的事実」なるものに譲り渡した「合理化」であり、信仰の虐殺に他ならない。

イリイチは聖書を呼び返す。『ヨハネによる福音書』十一章によれば、病人ラザロが亡くなったとき、イエスはその家を訪れて姉マルタに「あなたの兄弟は生き返える」と言う。「わたしが復活だ、命だ。だからわたしを信じている者は、死んでも生きている。また、だれでも生きてわたしを信じている者は、永遠に死なない。このことが信じられるか」（塚本虎二訳）。マルタは「はい、主よ、信じます」と答え、イエスは弟ラザロを墓から呼び出す。

イリイチによれば、

「この瞬間以降、西洋の歴史や諸言語において、（…）生命とは、イエスとの関係を指すことばとなったのです。」（『生きる意味』三八二頁）

「このひとりの『生命』は、マルタの信仰の実質であり、われわれの信仰の実質でもあります。（…）アウグスティヌスやルターがたえず強調するように、この生命は、それなしには生きていることがただの塵《ちり》にひとしくなってしまうような、そういう賜物なのです。」

（『生きる思想』二八六―二八七頁）

イリイチの、というよりカトリックの、いやむしろ原始キリスト教の信仰が、これほどなまなましくわたしたちの目の前に突きつけられることは稀である。

「一千年をはるかに超える期間、次のことはまったく自明でした。すなわち、生きていながら死んでいる人びとがいる一方、死んでいるのに生命に与っている人びとがいるということです。」

（『生きる意味』三八二頁）

このイリイチのことばは、キリスト信仰の核心であろう。カトリックのミサの中心は聖体拝領の秘蹟にある。キリストの生命をパンの形でいただく。マザー・テレサは世界各地で死にかけた人々の救護に働くが、神父のいないところには行かない。毎日聖体を拝領してキリストの生命をいただくことによってかの女は生きる。パウロの言う如く「われ生くるに非ず、キリストわれにおいて生くるなり」。

人が、ただ生きているということでなくて、これがなければ本当に人間とは言えない、というものはなにか。これはあらゆる世俗的な価値を越えた根元的な問いである。

一九四五年、第二次大戦による日本の敗戦に打ちのめされたわたしたち青年がぶち当たったのはこの問いに他ならなかった。大日本帝国臣民、天皇陛下の赤子という世俗の身分ではなく、国家権力を超え「人格」と呼ばれ「人権」をもつ存在を成り立たせるものはなにか。この問いは地下の伏流水の如く今も動いている。

日本の歴史において、このような「生命」観、人間観の伝統はない。しかしこの、世俗を超越した生命を受け取り新しい生に目覚めるというよろこびの体験は、個人においては知らず、民衆のレベルにおいてはおそらくただ一度、鎌倉仏教の勃興から一向一揆に至る時期にあった。すでに禅僧道元に、パウロに呼応するかの如く「この生死はすなはち仏の御いのちなり」（『正法眼蔵』別巻）のことばがある。「至心に」「南無阿弥陀仏」と御名を称える時、その瞬間に仏に迎え取られて、未来は浄土に生まれる正定衆として生き始める。この俗世を超えて新しい「いのち」を得たという歓喜が現世の権力の支配を乗りこえ——念仏者は無碍の一道なり（『歎異抄』）——、百年にわたる信仰王国をうち立ててゆく力となって結集したのは必然であったであろう。

今までわたしは意識して「生命」と書いてきた。「生命」というと、今やアメーバから人間に至るあらゆる生物に共通する客観的科学的現象としてのみ理解されつつあるらしい。

では、日本語において「いのち」とはなにか？

『岩波古語辞典』には、「イは息（いき）、チは勢力。したがって、『息の勢い』が原義」とある。

これは旧約聖書『創世記』のことばと見事に照応する。「主なる神は、土の塵で人を形づくり、その鼻に命の息を吹きこまれた。」（『創世記』二―七、共同訳）

すなわち「いのち」とはからだ全体がいきいきと息づいている有様を言う。ただし、日本語の「息」は自然の力だが、後者のそれは自然を超越する神の力である。それゆえわたしたち日本人は、ひとりの人を、しばしば一頭の馬と同等に尊重し、さらには「人的資源」という名の「モノ」として扱うことに抵抗を感ぜぬことにもなる。自然を超える神の息吹きを宿す「人格」を尊重すること、さらに「人間の権利」に気づくことは、わたしたち日本人にとって見果てのつかぬ課題である。

いずれにせよ「いのち」とは、ラッィンガー卿が、そしてかれが依存する自然科学が理解する、客体的な「生命現象」とは別次元の、主体としての人間が、今、ここに、なまなましく生きている姿のことである。

近年、小中学校で生徒が同級生を刺したり、街頭で無差別殺傷事件が連続したりすると、「いのちの大切さ」が声高に叫ばれ、「生命の教育」として、草花を育てたり金魚や鶏を飼ったりする試みが進められたりする。先日も高校生が友人を刺し殺した。高校の校長が生徒を集めて「生命を大切にするように」と訓示したと報道された。まるで見当外れだといつ気づくのか。少年は相手の「生命を奪った」のではない、「相手を殺した」のだ。

全人格を抹殺したのだ。

校長のいう「生命」とはロボットの内部の動力源の如きものにみえる。大切なのは「生命」ではない。目の前の「その人」だ。今ここでなまなましく生きている子どもひとりひとりの「いのち」すなわち、「息の勢い」を豊かに目ざめさせること、子どもと子どもが、そして教師と子どもが、息づかいを共にして、その生き甲斐、希望、悩み、その人格を、互いに尊重しあい、人と人としての信頼をもつ関係を築きうるか、ということだ。人と人との人格の出会いの問題であって、客体的な生物学的生命現象の知識の応用ではない。

目の前のひとりのこの子の息の勢いを大切にし育ってゆくのを手助けするために全世界が要るのであって、その逆ではない。ひとりの人の「いのち」は世界の生物の小さな一部分なのではない。

科学的生命現象の観察や理解へのすすめは、ラツィンガー卿の姿勢と同様に、最も直接的で、困苦に満ちた、最も大切な事柄から手を退く方策にほかならないだろう。

あそびをせむとやうまれけむ
たわぶれせむとやうまれけむ
あそぶこどものこえきけば
わがみさへこそゆるがるれ

（『梁塵秘抄』）

この「ゆらぐ」からだを自らに持つことのみが「いのち」の形であり、「いのち」を大切にすること、「いのち」を受け取ることとなのだ。

僕は何かを求めてゐる、絶えず何かを求めてゐる。
恐ろしく不動の形の中にだが、また恐ろしく憔《じ》れてゐる。

そのためにははや、食慾も性慾もあつてなきが如くでさへある。

しかし、それが何かは分らない、つひぞ分つたためしはない。
それが二つあるとは思へない、ただ一つであるとは思ふ。
しかしそれが何かは分らない、つひぞ分つたためしはない。
それに行き著《つ》く一か八かの方途さへ、悉皆《すつかり》分つたためしはない。

時に自分を揶揄《からか》ふやうに、僕は自分に訊《き》いてみるのだ、
それは女か？　甘《うま》いものか？　それは栄誉か？
すると心は叫ぶのだ、あれでもない、これでもない、あれでもないこれでもない！

（中原中也「いのちの声」、『山羊の歌』より）

これが詩人中原中也の「いのちの声」である。

さきに述べたイエスの

わたしがいのちだ

は、これにまっすぐ向かいあう。（これを受け入れるか否かは別のこと。）いのちとは、問うものの応えるものの出会いにおいて散る火花のことなのだ。

裸のキリストにならって

この「生命観」声明へのイリイチの批判は、ローマ・カトリック教会を代表とする現代のパリサイ人たちへの痛烈な警告であり、さまざまな「脱身体」的現象に対する詳細な分析と批判の一つの頂点とみることもできる。そして『脱学校の社会』『脱病院化社会――医療の限界』に始まるグローバルな開発志向に対する批判は、いわば神殿に巣食う商売人たちの机をひっくり返し叩き出したイエスの業に比べることができようか。

かくしてイリイチは「キリストに倣って」彼の愛と義の業《わざ》を行い、おのが十字架を背負って闘いつづけて死に至る道を歩みつづける。

しかし、一九八八年のラッィンガー声明はイリイチにとって千年以上に及ぶ一つの時代の終焉を告げる鐘の響きに聞こえたに違いない。かれは、人類は一九八〇年代に「分水嶺を越えてしまった」、もはや人間の時代は終わり、システムの時代に突入したと見極める。

「人間の時代は終わった」。この「絶望の深き淵より」。かれの叫びを聞いたとき、そのリアリティに胸をえぐられながら、しかし、日本人としてのわたしは、そしてたぶんアフリカの、東南アジアの、さらに世界中の多くの難民たちも、つぶやくであろう――「わたしたちのところでは、人間の時代などまだ始まってもいないのに」と。にもかかわらず、「世界的に言えば」「終わっている」……

インタビューの終わり近く、イリイチは「われわれは未来をもたないということを知っておくことは」「必要」だと言う。それに対してインタビュアーが、「あなたは、希望を捨てるように説いていらっしゃるように聞こえます」と言ったとたんに、「とんでもない」とことばが返ってくる。「われわれが——その場合のわれわれとは、わたしが直接触れたり、接したりすることができる人びとのことですが」と、わざわざいう。生身で会う人だ。そして一気にまくしたてる。

「転換を遂げる方法は一つしかありません。それは、いまこの瞬間（自分が）こうしていきいきと存在していることを深く楽しむことであり、お互いにそうすることをすすめあうこと」、そして「誤解しないでもらいたいのですが、たんにベタベタすればよいというのではありません」、ただ世間的な人づきあいの親しさではない、と釘をさす。

「しかも、できるだけ裸の姿でそうすること、つまり、裸のキリストにならって裸の姿で、そうすることなのです。」

これは語りに熱中していて不意をつかれ、とっさに一気に吐き出した本音といった趣がある。「それは中世の修道士たちの書物の中で、理想とされている生活だ」とイリイチは語る。これがかれのフィリア（友愛）のイメージの原型であるのだろう。しかしこのなまなましさは二度と語られることがない。「裸」についても「いきいきと存在を深く楽しむ」についても。かれの、ワインを酌み交わしての「語り合い」がそれを実現していたのだったろうが。

（ここで、日本語訳では「裸の」のあとに括弧して「〔ありのままの〕」

とある。これは訳者の注かもしれないが、わたしはこれには、異論がある。この「裸」は、裸のキリストにならって、なのだから、日常生活のニュアンスの強い「ありのまま」とは次元が違うはずだ。）

「裸になる」とはなにか？

「裸」についてはわすれられないことばがある（林竹二・竹内敏晴『からだ＝魂のドラマ』藤原書店）。林竹二は対話の冒頭いきなり「竹内が『からだ』といっているのは、ソクラテスがいっている『魂』と同じことのような気がする」と言い、その説明に『ゴルギアス』の中の一つの物語を引いた。

人が死んであの世へいくときに審判がある。こいつは天国に、これは地獄へ行けと分けるのだがどうもまちがいが起こって困る、と訴えられたゼウスが、まだ死にきらず着物を着ていろいろ装っているうちに審判するから見損なうのだ、今後は完全に死んだ後で、審判する者もされる者もすべて飾りを剝ぎ取って裸になって、行うことにしようと言う。すると、裸になった魂は、かつて受けた傷、醜くふくれあがった腹、歪んだ顔など、すべてまざまざと刻印されたままで、ごまかしようのない場に立たなければならない。竹内のいう『からだ』もこれと同じにごまかしようのないものだ、と言った。イリイチの言う「裸」がこれに近いとすれば――しかもキリストの裸といえば、罪人として十字架にかけられ傷口から血が流れている姿である、いや、あるいは、死にうち勝った十字架上の姿であるか――それは人間の悲惨さとじかに向き合うことであるだろう。

読んでいると、パスカルの言う、神のない人間の悲惨を、現代においてこれほど感じとっている人はないと感じる。その悲惨を見ている、その苦しみを知っているということにおいて人間は偉大なのだとパスカルは言う。それが、ここにある。それを見ている目とは、パスカルがいう、三つの秩序の中の第三のシャリテ（charité）であろう。第一の秩序は身体、情念が支配する。二つ目が精神。第三の秩序はシャリテ。慈悲というか、慈愛というか、身体も精神もこえた、神における生である。精神をいかに高め豊かにしても、次元の異なる第三の秩序には一歩も近づけない。そういう秩序の中でイリイチは見ているという姿が、わたしにはなまなましく感じられた。

しかし、かれは絶望しているが、絶望しない。キリストの「いのち」を受けついでいるから。

イエスでないかれは「わたしがいのちだ」とは言わない。かれが言うのは「神の受肉の延長」――次の、死の前年に行われたインタビューで用いられたことばを使えば「フィリア」（友愛）――、人と人との結びつきについてである。

ヒトが人間になるには、「新たないのちを受けとること」、ある目ざめ、悟り、回心がなくてはならない。それに至る道としてのイリイチの呼びかけである。わたし——疲れ、よろめき、おろかで我執にひきまわされる人でなしであるけれども——が答えうるのは、レッスンにおいてより深く生き生きと交りつつ裸になってゆくことを目ざすしかないだろう。それを「祝祭」と言いたいと思う。

「深く生き生きと楽しむ」ことにわたしたちの「祝祭」において呼応しうるかと思うことを一つだけ語ってみよう。

毎年のことだが、東京で「八月の祝祭」を催した。オープンレッスンといって、そのために集まってきた人たちと、毎月レッスンしているメンバーとがいっしょに短いレッスンをして、その後自分たちがやってきたことを見てもらうという年一度の催しである。たとえば親との関係のもつれとか、うまくことばが出ないこととか、職場で苦しんでいることとか、エチュードとしてやってみる。それをやって気がつけば、それで終わることもあるし、みなの意見を受けてもうちょっと形にしてみたいというのでまたやって、また批判を受けて、それを舞台化していくという場合もある。そういうものの一つで、こういうことがあった。

他で語ったことがあるが、ある養護学校の女の教員の場合。かの女は高等部の先生だが、卒業した女の子の親から、突然電話がかかってきた。急に、具合が悪くなって、ＩＣＵに担ぎこまれたというそのゆう子ちゃんは重症の重複障害児で、ほとんど目が見えない。動くこともできない。でも、非常に好奇心旺盛で、なにかおもしろそうなことがあると、一所懸命からだを動かして、顔をそっちへ向けて聞いていて、大声で笑うし、悲しいことがあると泣くし、じつに反応が豊かで、元気のいい子だったという。

なんで急にそんなことになったのかと、とんでいってみたら、まったく意識がない。話しかけても返事もしない。けれども、かの女は何か自分にできることはないかと思って、ゆう子ちゃんが好きだった歌のテープと、いっしょに海へ行ったときのビデオをもっていって、それを枕もとに置いて一所懸命話しかけた。「ゆう子ちゃん、今日はいっしょに歌おうね」といって歌を歌う。医者は、何をあほなことをしているか、これは、脳死状態であると言う。しかし、毎日毎日、かの女は行って、ゆう子ちゃんに話しかける。

そのうちに、ゆう子ちゃんのお母さんが、かの女が話しかけると、ゆう子ちゃんの脈搏が上がるのに気がついた。で、帰ると下がる。これは聞いているに違いない、ゆう子ちゃんは話しかけにたいして答えているのだと、二人とも躍り上がってよろこんだ。それで母の日に、かの女は「きょうは母の日だから、お母さんにカードを書こうね。お兄ちゃんといっしょに書こうか」と話しかけて、「お兄ちゃん、いっしょに書いてね」って、手をそえて書いてもらって「よかったね、じゃあ、これは明日、お母さんにあげようね」といって持って帰ったつぎの日の朝、ゆう子ちゃんは容態が急変してしまう。

そして、お葬式になる。ゆう子ちゃんは元気な子で、にぎやかなことが好きだったからと、友だちがみんな集まって、ゆう子ちゃんの好きだった歌「川は流れて……」などをいっしょに歌ったりして、にぎやかなお葬式になった。そのとき、かの女は祭壇の中にもぐって棺の横にいた。そして、「ゆう子ちゃん、歌聞こえる?」とか、まだ話しかけている。みんなが「ゆう子ちゃーん」と呼ぶと、「ゆう子ちゃーんっていってるよ、どうする、返事する?」、これを演じる舞台を見ていると涙がでてくるし、笑ってしまうし……「なあに? 先生が代わりに返事するの、しようか、じゃあ、はーい」。

立ちあった坊さんが、こんな体験ははじめてさせてもらったと涙を流したと聞いた。「深く」「いきいきと」「楽しむ」とはこのようなことにもなるか。

〈友愛〉はどのようにして可能か――イリイチ『生きる希望』

キリストのように裸で、とはとっさに言い切ったという感じもあるが、それだけになまなましく胸に刺さる。このあわただしく言い切った一言を、改めて数年後、死の直前に信仰の根底から語り直したのが、『未来の北の川で』（邦訳『生きる希望』藤原書店）の一連のことばだと言うことができよう。『未来の北の川で』の題はイリイチが愛したユダヤ人の、自殺した詩人パウル・ツェランの詩からとられている。

未来の北の川で
私は網を投げる

あなたはそれに重しをつける
石の形に彫られた影で
（竹内訳）

この著のテーマは〈最善の堕落は最悪〉と題される。福音に対する自由で熱烈で素朴な信仰が、次第に規範化され罰則を伴う義務にされ制度化されるにつれて最悪なものに転落してゆく。それこそが近代ヨーロッパを形成する精神の原型であること、それに伴う脱身体化——「からだ」が活きた「からだ」でなくなってゆくこと、サイバネティクス化されてゆくこと、と言っておこう——の過程を、かれは痛烈に描く。

そのような中で、〈友愛〉はどのようにして可能であるか？　かれは、まず、プラトンの言う、知に至る道としてフィリア〈友愛〉について語る。都市アテネでは、徳は特定のエトノス（ethonos 民族）ないし市民において成立する。

「プラトンの『饗宴《シュン・ポシウム》』――文字通りには『一緒の飲み会』を意味します――に集まる客たちが互いに愛し合えるのは、有徳のアテネ市民だけです。それは、放浪のユダヤ人、キリスト教の巡礼者としてのわたしの終着点ではありませんでした。友情を、ある土地から立ち昇る何かとして、その場所にふさわしい実践として語ることは、わたしにはできませんでした。」

ではどうすればいいのか？

「プラトンにとって、フィリアはある一つの同じエトノス（民族）を前提にしています。」

（『生きる希望』二五二頁）

そしてわたしたち日本人にとっても。

「まさにその場所にあの途轍もない擾乱家にして愚か者、福音書の史的イエスがあのサマリア人の物語、打ちのめされたユダヤ人に対して唯一の友として行動するパレスチナ人の物語を携えてやってくるのです。」

（『生きる希望』二五三―二五四頁）

世界に初めて現れた根本的かつ爆発的な「新しいもの」として、かれはくり返しこの譬え話に立ちもどり、またここから出発し直す。『ルカによる福音書』（一〇・二五―三七）を塚本虎二訳によって読んでみる。

「ひとりの律法学者があらわれて、イエスを試そうとして言った、（略）『では、わたしの隣の人とはいったいだれのことですか。』イエスが答えて言われた、『ある人が――それはユダヤ人であった――エルサレムからエリコに下るとき、強盗に襲われた。強盗どもは例によって着物をはぎとり、なぐりつけ、半殺しにして逃げていった。たまたま、ひとりの祭司がその道を下ってきたが、この人を見ながら、向う側を通っていった。同じく〔神殿に仕える――引用者〕レビ人もその場所に来たが、見ながら向う側を通っていった。ところが旅行をしていたひとりのサマリヤ人は、この人のところに来ると、見て不憫に思い、近寄って傷にオリブ油と葡萄酒を注いで包帯した上、自分の驢馬《ろば》に乗せて旅籠屋《はたごや》につれていって介抱した。そればかりか、次の日、デナリ銀貨を二つ出して旅籠の主人に渡し、『この方を介抱してくれ。費用がかさんだら、わたしが帰りに払うから』と言ったという話。それで尋ねるが、この三人のうち、だれが強盗にあった人の隣の人であったとあなたは考えるか。同国人の祭司か、レビ人か、それとも異教のサマリア人か。』学者はこたえた、『その人に親切をしたサマリヤの人です。』イエスが言われた、『行って、あなたも同じようにしなさい。そうすれば永遠の命をいただくことが出来る。』」

イリイチはこうしめくくる。「イエスは、かつてフィリアがそこに立ち現れることのできた枠組みを破壊したのです。」（『生きる希望』二五四頁）地縁、血縁、言語、宗教、あらゆる社会関係を跳びこえた地点においてこそ、この新しい友愛はひらかれる。自由で創造的な選びであって、いさきかも規範や義務を顧慮したならば直ちに死んでしまうような躍動である。それはただ、「呼ばれている」から「応えるからだ」なのだ。

それはどういう「からだ」か？

イリイチは、原典によれば、異教の、というより現代のユダヤ人に対するパレスチナ人のようにまさに敵であるサマリア人が、溝にあのユダヤ人を見つけたとき「内臓から動かされた」のだと言う。「彼は臓腑に不安を感じたのです。打ちのめされた一人の人間が彼の中に不安の身体的感覚を引きおこしたのです。この不安は他者からの贈り物でした。」この、共同訳の日本語では「不憫に思い」と訳されていることばについては、もう一歩踏み込んでみる必要があるだろう。

プロテスタントの牧師、故北森嘉蔵はわたしが最も尊敬するキリスト者だが、かれは戦時中に『神の痛みの神学』を書いた。これはたぶん、日本人の書いた神学書の中で、ヨーロッパの神学に影響を与えたほとんど唯一の書ではないかと思われるが、その発端は、かれが青年の頃『エレミヤ書』の中で驚くべき一節に出会ったことであった。

「エホバ言いたまう」
「我彼にむかいて語るごとに彼を念わざるを得ず。是をもてわが腸《はらわた》かれのために痛む、我必ず彼をあわれむべし。」
（『エレミヤ記』三一・二〇、日本聖書協会旧約より）

この「異常な」——ということはまず第一にその表現のなまなましさであろう——「言葉を見出して以来、わたしは昼も夜もこの言葉を考え続けてきた」と北森は書いている。

それはまた『イザヤ書』六三・一五に「切なる仁慈（慈しみ）」と訳されているもので、原語に戻れば「腸が」「鳴り響く」である。なぜ正義の神、裁きたまう旧約の神が、一人の罪あるものを見て「はらわた」が鳴り響くほどにつき動かされ、「切なる慈しみ」に駆られるのであるか。この問いから、「神の痛みの神学」は出発した。

この「はらわた痛む」がサマリア人のたとえ話の引用箇所と全く同じ言葉かどうか、今わたしは確かめることができないが、北森が引く詩篇の用例と、イリイチがルターの独訳を引く説明とを考え合わせれば、ほぼ同一の表現であろうと推察することができる。

サマリア人は、倒れているユダヤ人を見たとき、自分たちの宗教上の、あるいは民族対立上のあらゆるルールを一瞬に飛び越えて、彼のところに駆け寄って助け起こし手当てをする。それは「あわれに思った」という程度の心理的な揺れではない。神でさえ、その正義を超えてつき動かされてしまうほどの「はらわた」の鳴り響きなのだ。

日本語にも「はらわたが煮えくりかえる」「はらわたがちぎれる」ある

いは「胸が痛む」「胸が裂ける」というような言い方がたくさんある。からだの底からつき上げて、否応なしにからだが動いてしまう「切なる慈しみ」。それは日本人で言えば義理や人情でなく、掟を一気にとびこえて働く。これは、「はらわた痛む」神が肉となってサマリア人に宿りたもうたことに他ならないと言うことができるだろう。イリイチはこれを「神の受肉の延長」と言う。

「神は人になったのではない。神は肉になったのです」（『生きる希望』三四五頁）とかれは言う。わたしは神の受肉を信じきることも実感することもできない。しかし、エトノスを超えて「はらわたが鳴り響く」ことは体感することができる。それを神の受肉の延長——神がひとりの人の肉となりたまうこと——というならばわたしはそれを認めよう。わたしもまた「はらわたが鳴り響く」ようなからだの自覚とよみがえりを求め探るものだ。

（神がロゴスであるならば（『ヨハネ福音書』一・一）、それは肉にロゴスが宿っているということ、むしろ、ロゴスとしての「からだ」がありうるということになるだろう。「はらわたが鳴り響き」、「からだが突き動かされて」手を出すということは、からだが、ロゴスそのものの働きであることを示すことになるだろう。)

わたしが体験的に「共生態としてのからだ」と呼んでいることの究極の形はここにあるのだろうか。

第5章　出会うということ

ひとりひとりに向かいあう

先日北陸の看護大学で、毎年のことだが、今年入学した学生諸君にレッスンをした。これが、いつもとかなり感じが違う。百人ぐらいの必修を二つに分けて一回四八人、三日間、体育館ほどではないがかなり広い教室に坐りこんで――机もイスもなしに――時々質問をしながら話を始めていると、妙だなと気がついたのは、いつの間にか六、七人のグループごとに集まっていることである。その中の一人に質問をすると――高校から入ってきたばかりの連中はいつもそうだが――、なかなか返事が返ってこない。「わかりません」という。「うん。じゃ、いま考えろよ」とわたしは言う。やっと返事をする。「なるほどあなたはそうか。じゃ、ほかの人はどう思う」と、同じグループ内の人に聞くと、――これがどのグループも同じなのが面妖で、まず「同じです」と答える。「同じでもいい。自分の言葉で言えよ」と言うと「はあ……」と言って困っている。やっと答えると、さっきの子のことばをそのままくり返す。変なことになっているなと思って、別のグループでやってみてもほぼ同じことが起こる。

これはどういうことかなと首をひねりながら、今度は立ってレッスンを始めた。ひとりひとりばらばらに立ってからだのまわりにスペースをもって、と言うのだけれど、すぐにグループにより集まってしまう。こちらから見ているとゼラチンか何かの薄い膜の中にひと塊で固まっている、蛙か、よく言えば人魚の卵みたいなのがずっとあっちこっちに移動して行くというだけ。これは一体何なんだろう。そういう傾向はこの数年ずっとあるのだが、今年はひどくはっきりしている。わたしはそういうときでも平気で中にずかずか入っていって、そのひとりひとりをつかまえて問いかけるが、わたしのアシスタントは「近よって行くとすっとカベができる。入っていけない」という。

朝の九時ぐらいから夕方の四時半か五時ぐらいまでレッスンする。次の日の朝に別のレッスンをやって、午後になってから、からだのありようをもうちょっとよく見てみようと、二人組になって、一人が四つんばいになってもらうということをやった。なぜそういうことをやるかというと、四つんばいになればもともと背中はぶら下がったようになるのが自然なのが、いまは、背中が持ち上がっている人がかなり多いからだ。初めて気がついたのが、宮城教育大学に行ったときだから三十年くらい前。二十人ぐらいの中、四、五人の背中が持ち上がっている。何で持ち上がっているんだろうと不思議に思って、いろいろ動いてみては討論してみた。四つんばいになれば、人間は本来哺乳類だから四本の足、つまり四本柱で立っていて背中はぶら下がる。背骨とはもともと直立するための柱ではない。内臓の袋をぶら下げているケーブルなのだ。ゆらゆらゆれるこんなに柔らかいものだ、それがどうしてこう変形し、こり固まってしまってるんだろう、と。

相手に対していつも様子をうかがって身構えているから、胸がおちこんで背中が丸まっているという形が第一。これを水平要因とすると、もう一つの要因は、立っている力が衰えてきて、首が低くなってくる。そのままいくと崩れおちてしまうから、股関節をちょうつがいみたいに前にばんと張って板みたいにして支えている、上体はその上で崩れおちそうになっている。これが垂直要因。そうなると骨盤から肢の付け根が全部固まっているから、四つんばいになっても股関節が前に折れ曲がらない。後腰が持ち上がって、やっと肩のあたりで下へ曲がって手を床につく。どうもこの二つの要因によるらしいと見当がついた。十年ぐらいたつと、大学生はどこでも半数ぐらいが背中が持ち上がっている状態になってきた。それ以後もだんだんふえてくる。机に向かってパソコンばかり操作してるから前屈みになってくる、という要因も加わっただろう。上体がどんどん縮まり腰まで固まってきている。

先程話した大学では、開学したときに学長さんに招かれていって、二年目だったか、愕然としたのだったが、学級全員背中が持ち上がっていた。それ以来毎年しらべてみていた。それが、今年やってみたら傾向が違ってきている。半数近く背中がぶら下がっている。何故かわからないけれども、かなり身構えが変わってきているらしい。これは一体何だろう。

どうも、身構えているということ自体がなくなってきている。簡単に言うとだらしがない、というだけの話のようにも見える。現在は、社会全般にわたって、先生とか上司とか命令し訓練する人たちが、やるべき方法はエリートたるわれわれがすべて計画しおろしていくからおまえたちはその方法を実施すればよろしいという。そういう体制が強化されていると言ってよいので、若い教師なんかは全くそれがあたりまえという感じになってきているらしい。言われたとおりにやる。全く従順に。自分が子どもたちとつき合っていろいろ工夫するという必要はない、言われた方法を適用すればいい。適用しているんだから、自分に責任はない。失敗したら何が悪いのか言ってくだされば直します、という姿勢。全くの受身。二〇代の教師にその傾向がはっきりしてきているようだが、そういう主体性のなさとまっすぐ連続しているからだだなと感じる。

ちょっと話がずれるが、三〇～四〇代の、子どもの問題に子どもと一緒になって取り組もうと一所懸命になっている人たちは、今ひどく孤立しているという話がある。いろいろ自分なりに考えて、こうではないでしょうかというような意見を上司に言おうとすると、管理職の方はそういう疑問を提出されたこと自体が自分に対する批判だと受け止める。批判が幾つか出てきたということ自体自分の上司に、あるいはもっと上の教育委員会なりなんなりに対してマイナス点になるので、批判が出たということ自体を封じようとする。それに閉口して、では若い教師たちに意見を尋ねてみると、若い連中はなんでわざわざ意見を持ち出すのかわからない。というわけで、三〇代半ばから五〇代にかかるぐらいの教師たち、今まで中心の働き手だった人々が次々に孤立して、鬱になってひきこもったりやる気がなくなって、やめてしまったりというような状況がある。それと結びつけ過ぎるかもしれないが、学生たちがそういう「人材育成」方向へのベルトコンベアにのっている感じがする。

さて、これはどういうふうに、レッスンに向かい合ってもらったらいいかといろいろ試みてみたけれども、最後の三日目になって覚悟を決めた。四八人全員輪になっていすに座ってもらって——谷川俊太郎の「生きる」という詩、三五行ぐらいある、それを一人一行ずつ読むということにした。どうにもしょうがない、いくらやっていてもみんなグループなりにまとまってしまうから、ひとりひとりを引っ張り出すより仕方がないと。わたしにできることはそれだけだ、ひとりひとりに向かい合ってしまえということだ。これはちょっと体力的に大変だったけれど、とにかくひとりひとりに。

そうすると連中はどうしたらいいかわからない、何をされるのかわからないが、とにかくまとまって並んで座ってはいる。第一節目、七人立って、と言って、第一行を読む人はあなたですねと、始める。最初の人が「生きているということ」と読む。全然ちっぽけな声で、まるでひろがらない。輪の向こう側に坐ってる人まで、四八人全員に語りかけるように声を出せとわたしがいう。「生きているということ」、またぼそぼそ。しょうがない、全員一緒にまず声を出そうと「息を入れて、止めて、息を吐いて」とやって、次に「『いき』と言って」と言った。

『生きているということ』の『生き』は息をするの息なんだ」という講釈から始める。生きるということばは「いき」という声をはっきり発することから始まる。「まず、奥歯をあけて唇を開いて、深く息を吐く」というようにどんどん基本的なレッスンに戻らざるを得なくなる。「いき」というのは、母音は「いー、いー」だと。「『ああ好いー』と言え」と言うと、その辺からみんな笑い始める。「ちっとも好くないぞ！」。

今度はもっともとへ戻る、舌を前歯にあてて、息を出すときふるわせて「ララララー」と発音する、やっと「あー」という音が出て来た。「あー」から「いー」という母音に変わって「いー、いー」と。まずみんなでやってては一人に戻り、やっては戻りする。初めの人だけでみな往生して、もうたくさんだという顔をするけれども、力のある声が出るまで許さない。

それでとにかく「生きているということ」と声音がつながってくる。すると、「だれが生きているんだい」、「はあ……」、「おまえさんが生きているのか、みんなが生きているのか」、「わたしが」、「じゃあわたしが生きているという意味で胸を叩いて、みんなに『生きている』と言え」と。このあたり、みな一体この先生は何をしているんだろうという顔をしている。

では次の人、「いま生きているということ」、「生きている」はかなりよくなったけれども、この行の大切なのは「いま」だ。「いま」をゆっくりはっきり強調することが大切だと。くり返してやる。

その次の人になると、「それはのどがかわくということ」という。全員に、「かわく」と言ってみなと。洗濯物が乾くときにはどう言う?「かわく」という。ではのどが渇くときにはどう言う?　みんながそこでやっと考え始めて、「かわ」く、「カワ」く……。「つばを飲んで……うまくのどが開かない」「か、かわく！」。すると笑い出してノル連中が出てきたり、こりゃどうしようもないからこの先生につき合おうかという気分のも出てくるし、これは逃げられないなという感じになる。みんなひとりひとり腰掛けているから、逃げられない。床に座っていると何となくぞろぞろ自分たちで集まって輪をつくってしまうのだが、ひとりひとり腰掛けているから逃げられない。こうやってひとりひとり立って、面と向かってことばのレッスンをやっていった。

その次の節は九人立つ。ヨハン・シュトラウスとかピカソとかが出てくる部分だ。「ヨハン・シュトラウスってどんな曲を思い出す？」と言って、ワルツを踊りながら言えとか、いろいろなことをひとりひとりずっとやっていって、半分ぐらいまで行ったところ、感じが変わってきた。これはしょうがねえや、どうやってもごまかしようがない、この先生はこういうふうにしつこくやる先生なんだなと。仕方がねえからつき合っちゃえみたいな感じだ。とにかく笑いっぱなし、時にシンとしたまんま。ずっとひとりひとり最後まで行った。詩を——というより、ことば一つをちゃんと読ませようと思ったら大変なんだ。

そして、「いま遠くで産声があがるということ」。「遠くか、本当に?」と問う。「それはただ『遠くで』という音を出してるだけだ、耳を澄まして声を止めて遠くの産声を聞いてみな」と。「小さい声でも何でも、感性が働けばいい。ただ『遠くで』というのを大きな声で言っても仕方がない」というようなことも言って。

少しずつ集中する人が出てきて、最後に「あなたと手をつなぐこと」という句があって「あなたの手のぬくみ　いのちということ」でおしまいになる。「あなたの手の」。「あなたというのはだれだ。だれでもいいから選べ」と言って「その人のところへ行って手を握れ」と。「温かいか」、「ああ、温かいです」、「そのまんまじっと感じていて言え、『手のぬくみ』と」、そうしたらこの子がふっと変わった。四七人目だ。「あなたの手のぬくみ」と言ったときに「手のぬくみ」という言い方に自分なりの感性がよく働いていて。小さい声ではあったけれども、聞いていた連中が「ほう」と言った。それで最後の「いのちということ」へそのまま行った。

そこまで行って、もう一ぺんみんなで一人一行、だっと読んでおしまいになったときに、やれやれというか、ほっというか、みんなのわたしに対する感じが変わった。わたしの方から言うとひとりひとりがとにかくある集中に入って、自分なりの感性で声を発したという、その手ごたえみたいなものが出てきた、出てくるまでは許さなかったという感じ。それを終わったら、全体の感じが変わった。最後の「あなたの手のぬくみ」――前にも何人かいい人はいたけれども――言葉がその人の感性とつながって自分のからだ全体から声になって出てくるときに、こういうリアリティが現れるということが、幾らか若い人たちに通じたかなと思った。ゼラチン膜みたいな中へすっと逃げ込んでしまっているからだをひとりひとり引っぱり出してくる感じ。

卒業して仕事につけば、いやおうなしにひとりひとりになる。その時依存するグループを探し求めてウロウロしているばかりでは話になるまい。一ぺんのレッスンが、どれだけかすり傷でもつけられるかわからないが、身にしむ感じがこの一時でもまことに起こったことは、いつか芽を吹くかもしれない。

これはレッスン一般での第一のステップに当たるだろう。すなわち、世間的な――ハイデガー風に言えば「気づかい」の応接にあたふたしているばかりでいた自分、身構えを固めている「からだ」に気づくという段階だ。「呼びかけ」のレッスンで自分の声が宙に散らばっていて相手に向かっていないことに気づいて愕然とするとか、「出会いのレッスン」で相手から一ぺんもアタシの目をちゃんと見てくれないと指摘されて、相手から逃げよう逃げようとしていた自分に気づかされるとか、さまざまな形で、自分のからだがほんとに感じていることはなんだろうと目覚め始める。孤立したひとりの人間として——。

わたしのレッスンにおいては、これが根本の出発点だ。

コミュニティをめぐって

しかしその先で、わたしは結社というか、コミュニティをつくるということを一切していない。イリイチはコミュニティをつくることを大切にしている。これはキリスト者としての基本のあり方なのだろう。地域社会から断絶したひとりひとりの、自由に選ばれたもの同士が一つテーブルをかこんでパンを食べ、ワインを飲む。コンスピラチオ、聖霊をお互いに吹き込み、また受け取るキスとあいまって一つのコミュニティをつくる。そのもてなしの場には、戸をいつ叩くかもしれない他者、キリストが予期されている。そのような濃密なコミュニティの形成をわたしは考えない、むしろ拒否してきた。

その理由は、はっきりしている。日本の社会で一つのコミュニティをつくり始めると、それはもうほとんどすべてヒエラルキーの形成になってしまう。ヒエラルキーというより天皇制と言った方がよいかもしれない。ひとりひとりがその中で自由に生きることにならない。イリイチの例に戻せば、ここに主人がいてもてなしをするとしても、その人が主人なのではなくて、いつ戸をたたくかもしれないキリストがその場の人々を結び合わせる「生きる者」としてあって、聖霊がそれを媒介する——そういう言い方でいいかどうかわからないけれども——超越するものへの向かい方がその場をつくり出すのだが、日本でコミュニティを結成した場合には、その場にいるだれかが中心になって、権威=権力の発生と、屈従的献身の正義化を生み出す。民主主義勢力と呼ばれたものも封建主義的と言われたものも、みな構造としては同じことが起こる。わたしはある時期から一切固定した組織をつくらないと決めてやってきた。

わたしは一つの場を開いて、そこに人を招く。ここでは学識も身分も年齢も意味をもたない。名も問われない。からだひとつがそこにある。恥じらったり、かくれたり、ひどく気ばったり、能力をひけらかそうとしたり、いろいろな「からだ」がそのままに――ひとりひとりばらばらに、自分の空間をもって、立つ。(場をもり上げようとするものはだれもいない。)いくつかのレッスンに身をさらしてみる。

ここで行われるレッスンは、なにか有用な知識や技術を習得するためのエクササイズではない。あるひとつのエクササイズは、いわばリトマス試験紙のようにその人のからだや声のあり方を照らし出す。わたしはソクラテスに倣って「からだによるドクサの吟味」と呼び、半ば冗談に「からだによる現象学的還元」と言ったりもする。ある光にさらされる体験をしそれをもって世間にもどる時、世間は違った目でみえ価値観の落差に気づく。それに耐え、ひとりひとりがひとりで立って歩く力をめざす。それはイリイチの「foolが集まる場所に向かう道」ということばにもあてはまるだろう。

そしてそこには規則がない。イリイチの「規則に立ち返ってなどと考えてはなりません。規則を作ろうといった瞬間、ひとはすでに制度化への道を一直線だからです」(『生きる希望』二五九頁)ということばに、図らずもほぼ正確に並行していた、ということになるだろう。

規則のない場——「したくないことはしない」

竹内演劇研究所は十六年間続いたけれども、規則はただの一条もない。

十年ぐらいたったときに「ここには規則というものがないな」と外から来た人が言って、「だけど何にもなくて成り立つかな、何か共通の了解点があるだろう」と言われてみんなで考えてみた。出てきたのはただ一つ「したくないことはしない」という言葉だった。ここに来たら、したくないことはしない。

こういう人がいた。女の人で、二十歳台の後半だろうか。来て、レッスンは熱心にやるけれども、それが一区切りするとすっと壁際に行ってひとりで座りこんで、暗い顔してぶすっとした顔をしている。あんなつまんなそうな顔をして何でレッスンに来るのかなと思ったけれども毎回やってくる。そのころは一期が週に三回、夜だけ半年間だったけれども、それが終わったら来なくなった。やっぱり来なくなったなと思っていたら、半年たったらまたやってきた。やっぱりつまらなそうな顔して壁によりかかっている。どうにも腑に落ちないので「どうしてあんなつまらなそうな顔をしているのに来るんですか」と言ったら「わたしはそんな顔をしていますか」と。「つまらなそうな、嫌そうな顔しているよ」と言ったら「はあ」とかの女はびっくりした。「ここだったら、どんなに嫌な顔をしていてもだれも何も言わない。だから思う存分嫌な顔をしていられるんでしょう」と言う。かの女は、カトリックの学校の中高の国語の先生だった。勤務の間じゅうとにかく礼儀正しくにこやかに、言葉遣いからきちんとしていなければならない。それはとても苦しいんだけど、とにかくそうしなければいけない。ところがここに来たらどういう格好をしていようが、嫌だろうが、したくないことは「何でおまえやらないんだ」とはだれも言わない、レッスンの最中でも。隅っこにいて膝かかえこんで閉じこもっていても、だれも何も文句を言わない。「わたしそんなに嫌そうな顔をしていましたか」と。それを聞いたときにわたしは、ああ、おれがこういう場を開いているというのはそういう意味もあるのかと初めて思った。

わたしは湊川や南葛（定時制高校）に行ったとき、こういう言い方をしたことがある。「自分が何をしたいかよくわからないんだ」と言う若い人がいる。わたしは「何をしたいのかを見つけるのは、それは大変だ」と言う。おれは一生かかってもまだ本当に見つかっているとは言えないかもしれない。「それは大変なんだ。けれども、したくないというところには確実にあんたがいる」と。何かがマイナスの形である方向を指しているのだ。「そこには確実にその人がいるので、そのことを大事にしろ」ということを言ったことがある。

そうすると「ここではしたくないことはしなくてもいいんですね」と言うやつが出てきた。そんなことはわたしは絶対に言わない。「やろう」と言う。「したくないことはしないと選ぶのはあなたであって、したくないことはしなくてもいいなんていういい加減な場ではない」というのがわたしの返事だった。その場に来た人には「こういうレッスンをやってみないか」としか言わない。しかし「やらない」と言ったときには、だれもそのことについて何も言わない。見捨てるのでもなければ、受け入れるのでもない。ただその人が選んだということだけだ。

そうしていると、だんだんその人なりにいろいろなことを感じてくる。そこで初めて安心できる。文句をつけられない、あるルールに追い立てられないという安心感が出てくると、やっとそこで何か、一緒にその場にいるということが成り立つ。それが第一の、ベースだ。例えば縄なし縄跳びというレッスンをやる。まず縄跳びをやる、実際に縄を回して跳ぶ。近ごろはこれを跳べない人が多いのだ。数回くり返して跳べるようになると、その縄を外してしまう。まあ簡単に言えばパントマイムでやる。すると回っている縄がみんなに見える。それで次々に跳んでいくと「ああ、だめだ、引っかかった」とか「あっ、うまい、うまい」とか「あっ、すり抜けた」とか、みんな同じことが見える。何もないのに見える。一つの場において想像力が共同で働き出すのだ。

そもそも「レッスン」ということば自体、仮の名にすぎない。一九七〇年代にワークショップを人にすすめられて始めたとき、なんと名づけたらよいか、はたと迷った。有用な技術の獲得をめざす「訓練」ではなく、ある境地に到達することをめざす「修行」でもない。演劇的パフォーマンスの「稽古」でもない。どうしてもうまい日本語がみつからないので、当時あまり世に流通していなかった用語だったので「レッスン」と呼んでみたにすぎない。たしかに「ゆらし」とか「呼びかけ」とか「出会いのレッスン」とかのエクササイズはあるが、それをやることが「レッスン」なのではない。なにかがその場でおこり、ふれあい、時に人は変わってゆく。が次のレッスンでは全く別の人との問い、別の気づきが動き、そして次の時また新しく「その人」が現れる。その何回かの、あるいは何年かの試みを貫いてなにかが探られないかということに向かって、その人もわたしも歩いてゆく。そのことがレッスンなのだ。「レッスン」と呼ばれるような実体はないのだ。

からだの動きが伝わる――あくびと笑い

「したくないことはしない」が、レッスンの場が活きて動くための第一の要件だとすると、第二は「笑い」かもしれない。実は、最近になってわたしは、これが大事なのかもしれないとようやく気づいてきた有様で、わたしはいつも実践の方が先に歩いていて、はるか後でやっと気づくのだ。わたしの本を読んで来る人の中には、レッスンを受けると「おまえさんはこうだ」ときびしく分析的に攻められるんじゃないかとビクビクしている人がある。ところが、来てみるとげらげら初めから笑い声が絶えないのであきれてしまうらしい。

鳥の群れが、敵が来たというのでぱっと一緒に逃げていってしまうのは、かつては見張りが警告の叫びを上げると他がそれを聞いて一斉に飛び立つのだと解釈されていたが、実は一羽がわっと叫んで動いたらそのからだの動きがばっと全員に伝染するのだという。そういうふうに伝染していくからだの動きが人間にも二つ残っているという。一つはあくびで、もう一つは笑い。あくびは、他人があくびしたから、ああ、わたしものんびりしようと思ってするわけではない、伝染してしまうのだ。それは子どものころには鮮やかに残っている動きだが、大人になると礼儀作法で抑えられてくる。だからレッスンのときには遠慮会釈なくあくびしようというのだが、これが最近少なくなった。ここ十年ぐらい、極めて少ない。何回かレッスンに来ているうちに、ふっとあくびがでるようになる。わたしがわあっとあくびをすると、アワワと伝染していく。

笑いも伝染する。これが、からだが目覚めてゆくために多分大事なのだろう。一緒にからだが動いてくる。同時に息が大きく吐かれる。呼吸が深くなり、からだ全体がはずんで来る。共生態としてのからだが、さまざまな局面で目覚めてくる。呼びかけられたときにぱっと振り返ることが、「呼びかけのレッスン」をきちんと意識的にやるときにはうまくいかなくても、突然ふっとできてしまう。そういうからだをとり戻していく。

前章でふれた「八月の祝祭」と呼ぶ舞台での表現でも、相手の人がわっと動き始めたとき、はっとしたとたんに思わず受け止めてぱっと返すということも起こってくるし、それによって自分の方がもう一つ思いもかけず表現がはずんでいくことがある。そのような日常の意識のコントロールをこえてからだが動き出す体験――集中の深まりであり、ある段階のエクスターゼ（脱自）――はそれ自体一つの祝祭と言っていいと思うけれども、そういう状態は、「今を深く生きる」「生きることを深く楽しむ」という言葉に近いかなと思う。そうなっていくためには、レッスンの中で「気づき」

体験していくだけではなくて、笑いによって何かが伝染していく、といった、ずっと生理に近いような次元でのからだの目覚めが大事なのだろう。そうなってくると相手のからだがこちらに移ってくる、例えば「はらわたに響いてくる」、あるいは胸が痛くなるとか、そういうからだをとり戻すことになるだろうか。

さらに、ようやくこの頃になって、場を形成するために、あるいはこれが決定的に重要だったのかもしれないと気づいたことが、もう一つある。「息合わせ」。レッスンの場に独特の深い集中の広がりをもたらし、「場」が成立してくるのは、具体的にはこれが第一の契機になっているのではなかろうか?

わたしのレッスンは、まず歌を、全身で動きつつ歌いついで二人組になってからだを「ゆらし」合うことから始まることが多いが、「息合わせ」はこの「ゆらし」の最後に行われる。

横たわっている、ゆらされていた人を引きおこし、坐らせ、ゆらし手は後ろに坐り、背に手のひらをぴったりとふれる、指先が反っていたり、たなごころがくぼんで浮いていたりしていては、二人の間に安らぎは通い合わない。

ふれることは必ずふれられることである。自分が相手のからだに「ふれている」意識を逆転して、てのひらいっぱいに相手のからだから伝わってくるものを感じとる。後ろの人は手のひらをゆっくり背にそって下へふれてゆくと、手がぴったりとひきよせられるように止まるところがある。そのまま、前の人の息に合わせたまま数分間。

ふれられている人も、手のひらのあたたかさがからだの芯にしみ通ってくることもあるが、むしろふれられている感触が消えてしまい、ただひとつの息づかいのみがあることにもなる。

「ゆらし」のプロセスですでに深い集中が生まれており、場は静寂に満ちている。その中で〈息が合い〉始めたとき、ただ息づかいだけが深く広く、世界はただそれだけになる。

やがて終わって目を開いた時、世界は鮮やかに、新しく、奥行きがまざまざとあらわれる。

イバン・イリイチによれば、キリスト教初期の聖体拝領の儀式にはコンスピラツィオとコメスツィオ（共食の儀式）の二つのクライマックスがあった。コンスピラツィオは口から口へのキスによって聖霊の息吹きを共にする儀式であり、それについで、食事を分かち合い、奴隷と主人、ユダヤ人とギリシャ人それぞれがみな等しいコミュニティを創り出した、と。

わたしたちの合わせる息は聖霊の息吹きではない。しかし、深い集中の底に流れるピンとはりつめた、犯しがたい純一な「雰囲気」が場に満ち、人々に、いわば結界に生きる結果をもたらしていることはたしかなことに思われる。いわば深い集中の場への門なのだ。

からだを閉じこめているものに気づく

こうして平静で笑いに満ちた集中の場が生まれるとき、人は自由になり、自分の感受性をのびのびと解き放つことができ、第一の「世間性の自覚」のステップを越えて、第二のステップへ踏み入ってゆく。これを「感受性にめざめ、広げてゆく段階」と呼ぼう。「気づきから表現へ」と呼ぶこともできるだろう。

家庭や職場の生活の矛盾を一つのパフォーマンスとして表現してみることで、あるいは一つの劇を演じてみるプロセスで、今まで全く気づかずにいた別の自分に出会って驚くといったことが起こる。

ここではじめて他者が姿を現す——というよりむしろ垣間見せる。呼びかけているつもりの声が、相手のからだにだけは決してふれないで、迂回したり、手前でひき返したりするのに気づくのもそれであり、「出会いのレッスン」で言うなら、相手が岩に見えたりロボットに見えたり、ある瞬間ふいに人として現れたりするのもその始まりだ。

そしてこの段階で、初めて発見されてくる、いわば存在の仕方——わたしと世界との関わり方の——メルロ＝ポンティの用語を借りて「身体図式」と言っていいかと思うが——その偏りというか、歪みがある。

三〇〜四〇代の働き盛りの人たちで、他人に働きかけたいものを持っているのだが、それがどこかうまく生き切れない。「呼びかけのレッスン」で、前にいる何人か、向こう向いたりこっちを見たり、こっちに向いて目をつぶっている人もあるが、その中のある一人に「こっちへ来て」と呼びかける。ところが声が届かない。この例が極めて多くなってきている。聞いていると、一所懸命しゃべるけれども、声が、自分の周りで広がっているだけで、聞いている人のところへ来ないとか、来た声が途中でそれていってしまうとか、とにかくまっすぐ相手に行かない、届いていかない、むしろ声に届いてゆく力がない。教師だとか介護をやっている人とか、対人援助と呼ばれる職種の人もいるわけで、言葉が相手に届かないということは決定的な課題だ。どう突破したらいいだろうかといろいろ工夫しているうちに、全く別のことからふと気がついたことがあった。

いろいろなレッスンをやっていて、歩くときに手が全く前に出ない人がいる。手は前後に振るのが普通だが、手を前に出さない。後ろで組んでいるとか、わき腹にぴったりくっつけたまま歩いている。そういう人の一人が、あるレッスンの中で、歌を歌いながらスキップしていた。そんなふうに動いているとどんどん体が温かくなってほぐれてきて、自由な動きと呼吸がはずみ出してくるのだが、その人に関する限りひじをわきにつけたまま、腕が全く動かない。だから上体が硬直したままで呼吸も一向に深くならない。からだがはずまない。わたしは横に行って「手を前に出せ！」とどなった。かの女はびっくりして、ぱっと両手を前へつき出した。とたんにかの女の肩ががっとほとんど崩れるみたいに動いた。かの女はびっくり仰天してそれから一所懸命になって、崩れながら片手ずつ前に出して歩こう、歩こうとつとめているうちにからだが変わっていった。なめらかに足が上がるようになり、はずみながら全身で歌うようになった。終わってもからだ全体がゆったりして、楽に人に話しかけられる。

この人の例から気がついて、こういうレッスンを始めた。二人ばかりがみんなの前に立って、「上下のゆらし」、簡単に言えば両足とびを始める。かかとの中を上下にゆらして、ひざの中をゆらして、腰の中をゆらして、胸の中をゆらして、肩をゆらして頭の中もゆらす。次どうしようかと思わないで、ただ、それだけに集中している。そこで「はい」と声を掛けたら、ぱっとポーズをとる。これを三回やる。すると、自分では毎回違ったポーズをとろうしているけれども、こちらから観察していると、たいていの人の場合、一定のパターンが見えてくる。一番見えやすい例の一つが、手が前に出ない形。いろいろな形に左右に手を伸ばしたり両手を横に広げたり、中には手を前に出したつもりでいるけれども実は体をひねって横を向いているという凝った姿勢もある。上体が斜めに右を向いているので、横にのばした手が正面を向いているという形になるだけで、からだと手は同一平面上にあるだけだという形。

それを指摘されて自分で気がついていったときに、改めて正面を向いて立ったまま片手を前に出してみる。「こちらの手も前に出してごらん」と。そうすると、何か変わってくる。たしかに手を前に出したことがないなと感じる。何か変だなと。「その両手をずーっと広げていってみたら……」。前すると顔色がすっと変わる。人によっていろいろな言い方をするが、「前がある！　初めてわかった」。聞いた時には噴き出した。笑いながら「ふうん」と感心した。

「前がある」ということが初めてわかったということは、今までは彼にとって実は「前」の世界が「なかった」ということだ。それでは今まで人とか物をどう見ていたかというと、いわばスクリーンに映っている映像みたいに見ていたのだということがわかってくる。生活の中で便宜に従って処理しているという形で人とつき合っていた。それはある平面上に映写されている映像のようなもので、身にしみ入ることはない。前があるんだと気がついたときに初めてその相手なり、花なら花でも、そこにまざまざと一つの「もの」として現れてくる。そのほかのものがその後ろに現れて、その横に現れて、初めて奥行きが生まれてくる。(遠近法は、平面に立体を投影しているわけなので、このあべこべになる。)

するとー人の人を見ていると、その後ろに例えば本棚があって、窓があって、向こうに木があって、その向こうに湖が見えて山が見えてというそれそれが、一つ一つ強い存在感をもってある。ずっと奥行きが視界の果てまで生まれてくると、初めて「世界」が見えてくる、というよりも生きて「ある」、わたしに呼びかけている。そこで人はしばしば一歩退く。眺めようとする。すると世界がスクリーンに納まってしまう。「ダメだ！　その世界に入ってゆけ！」とわたしは言う。「もの」たちの中に立ち交って「わたし」のからだがある。同じ存在という実質で見合っている。呼びかけ合っている。それから相手に対して近づいていって手を出すというときには、まるで相手とのかかわり方が変わってしまっている。

もう一つ別の例がある。女の人で、前に手が出る人がいた。ポーズをとるとぱっと左手を前へ出す。それで前後の世界はひらけているように見えるけれど、よく見ると前へ出してる左手が、ひじを曲げて、手のひらが向こうに向いて止まっている。何か自分を守っているような風情だな、何だろうと討論した。当人もどんな感じかと探り探りしゃべっている。わたしが、気がついてみると右手が斜め後ろに伸びている。「その手は何だい、何かに引っ張られているような気がするが」と言った。からだ全体は前に出ようとしているけれども右手が斜め後ろに引っ張られていて、左手は何かを防ぐみたいに前へ上げている。「何だろうね。前に出ようとしている姿勢はよくわかるけれども、何がブレーキをかけているんだろう」という話をして、その人のレッスンは終わった。

次の人にかかわろうとしたとたんに、かの女が「ああっ」と言った。「どうした」と言ったら「お母さんだ」と言う。「手を後ろへ引っ張っているのはお母さんだ、と思った」と言う。それが真実であるとか何とかという問題ではなく、その瞬間にかの女がそういうふうに気がついたということが面白い。

子どものときから、かの女は積極的に出ていく人だったらしい。するとおふくろさんは、そういう言葉をわたしは何十年ぶりかで聞いたけれども

「出る杭は打たれる」と。絶対に前に出ちゃいけないと言って、かの女が何か動こうとするとぐいと引っ張って、人の後ろに下げてしまう。かの女はずっとそれをやられてきたという。そのことで年ごろになってから随分母親とすったもんだしたこともあったらしい。たしかにこれは母親だと、かの女は言うわけだ。

精神分析的にはいろいろ言えることもあるだろうし、まあこれは存在分析と仮に言っておくようなものだが、母親が引っ張っていたかどうかということは、かの女にその自覚が出たときに何が変わっていくかという問題であって、それが正当な解釈であるかどうかは全然別の問題だと思う。

これらの例をまとめて言うと、自分が生活の中で刷り込まれてきたというか、自分がそこに逃げ込んでいるというか、気づかないうちに閉じこめられて生活しているある空間の偏りがあって、それを気がついて破っていかないと他者と出会うということがない、ということへの気づき。それがこのごろはかなり大きいレッスンの柱になっている。

この、レッスン一般の、限定すれば「出会いのレッスン」の、第二のステップを破って、世界へ出た瞬間、世界が奥行きをもって現れ、そこにしかと立った時、樹が、花が語りかけてくる——メルロ＝ポンティの言う「からだが見るものであると同時に見られるものであること」があらわれ出す体験、いわば第三のステップをなんと名付けたらよいか。

対象を手なずける西洋の自我

ここでちょっと話を一区切りして別の局面から事柄を見てみたい。らせん状に話が発展するような形になるが、お許し頂きたい。

レッスンの中でサン＝テグジュペリの『星の王子さま』をとり上げたことがある。希望者があって、朗読をやった。おしまい近くにキツネが出てくる箇所がある。王子さまが、がっくりして泣いているとキツネが出てくる。「こんにちは」と言う。王子さまはびっくりして、「こんにちは」と答える。しかし、どこにも相手が見えない。「だれだい、どこにいるんだい」「キツネだよ。いまリンゴの木の下に隠れているんだ」。そこから二人が仲よくなっていくプロセスが描かれ、王子さまが元いた星の、バラの花のことを、お互いに愛し合っていたと改めて気がつくという話になっていく。

仲よくなってゆく発端で王子さまが「ぼくと、遊ばないかい？　ぼく、ほんとにかなしいんだから……」というと、キツネが「おれ、あんたと遊べないよ。まだ飼いならされていないんだから」と答える。「飼いならされていない」、これは原語そのままの訳だが、この言い方は、日本語としてはまことにぐあいがよくない。これをいろいろな人がこなれたことばに訳そうとしているけれども、うまくいかない。飼いならすといったら、家畜に対することば、支配する者のことばだ。ところが、「どういう意味だい」

と王子さまに問われて、キツネは「それは絆を結ぶということだよ」と答える。みんな忘れているけれども、それが大事なんだ、それがないと本当に友達にはなれない、という。

それで「それではその飼いならすというのはどういうふうにしてやったらできるんだい」。ここで「仲よくなる」という言葉にかえている日本語訳もある。キツネが「こういうふうにするんだ」と教える。キツネがここにいる。そして初めはあなたが、遠いところにいるんだと言う。そして、じっとしている。キツネが「おれは」と言う、「ちらっ、ちらっと横目であんたを見る。次の日には、あんたがちょっと近くに来ている。それでまたちらっ、ちらっと見ている。次の日にはまた近くに来ている」。するとその次には、「同じ時間に来てくれるといいんだな」と言う。きまって午後の三時に来るとなると、二時ぐらいになると、ああ、あの人が来るなと思うと胸がどきどきすると。それからもうちょっとたって、二時半ぐらいになるといても立ってもいられなくなる。それで、三時直前になると出ていって待っているというぐあいになって絆というのは結ばれるんだという。そうなったときにはお互いがお互いにとって大事なものになっている。初めて会ったときには自分は一万匹いるキツネの中の一匹にすぎないけど、そういうふうに絆が結ばれたときにはほかには二匹といないキツネ、あるいは二人といない友達になっているという、こういう言い方だ。

このステップのふみ方はなかなか面白い、なるほどと唸りたくなる。しかしそういう形で近づきになっていくのを「飼いならす」という言い方、「飼いならす」という形で初めて絆が結ばれていくという思考の仕方が、稽古していくうちに……、一ぺん目で読んだだけでは多分あまり強くは感じないと思うのだが、稽古して何遍もくり返しているうちに、その思考法がすっかり嫌になってしまった。そういうふうに最後の最後まで自我というものを厳重に、敏感に置いておいて、少しずつ、少しずつ近づいてくるのを受け入れていく――。もう一方から言うと、日本語では「手なずけて」ゆくというやつだ。結局、他人を自分のコントロールできる範囲の中にとり入れて、自分と同じものにしていく。一体というか、結びついて離れられないものにしていくという、そういう人間関係のつくり方は、フランスの映画を見ていると、ああ、やはりそうなのかと思うことがしばしばある。その自我の鋭敏な持ち方はわたしには、稽古しているうちにしんどくなってきた。本当に人と人とが互いに大切になるということは、こういうことだろうか。どうもそういうこととは違うんじゃないだろうかと思い始めた。これが一つ。

もう一つは、サルトルの『吐き気』を何十年ぶりに読んだ（『嘔吐』と日本語訳されているのは不正確だと思う）。あれはやはり意識的な自我をどこまで張り詰めて持っているかということの一つの例になるかと思う。主人公が見ているとある瞬間にマロニエの根っこが、急にぶくぶくと生々しくなってくる。黒い塊がぐっと迫ってくる。存在というものを「見た」と彼は書き、「ある瞬間には自分がマロニエの根っこであり」とも書いている、そのことは彼にとっては最終的に……日本語としてこれも不思議な訳語だけれども、「不条理」。不条理というとえらく形而上学的な立派なことみたいに聞こえてしまうが、わたしはフランス語に詳しくないから見当違いになるかもしれないが、原語に戻ってみると要するに、筋道が立たない、わけがわからない、理解ができないということだ。

筋道が立たずよくわからないものは不気味である。自分とは別世界のものである、それゆえ意味のないもの、無用のものであるという方向に思考が発展していく。存在というものは、現れてきたときには不気味なものであって異様なものであって、理解できないものであると。意識的な自我が対象を理解して、自分の中へとり入れていくという働きは最後の最後まで頑固に鋭敏に働いていていて譲らない。少し感覚が戻って公園を出ていこうとすると「ふっと公園がほほ笑んだ」という言い方をしている。日常生活に戻ったときにほっとする。日常生活の中にずっと維持してきた自我の常態に戻ったときに、ほっとするという形で自我が留まってある。

マイナスの自我としての東洋の自我

東洋人というと広くなり過ぎると思うが、日本人——あるいは禅をやっている人と限定してもいいが——だったらどう言うか。理解できないものだから不気味なものであって、これは自分たちの生活から排除しなければいけないない無用のものである、とはならないと思う。これが存在かと見たときに日常の自我の方が壊れていく。それを無と言っても何と言ってもいいが、そういう筋道が多分出てくるだろう。そういう筋道はヨーロッパの神秘思想などにあるようだが、その場合は多く「忘我」、意識がなくなるような状態を想定しているように思われる。逆に、日本人について言うと、その地点で、ヨーロッパ的な自我というものを最後の最後まで保っていくという姿勢を貫き通せるだろうかということになる。こういうことを論じている人はほかにいると思うけれども、わたしはくわしくない。存在そのものと向かい合ったときに、自我が壊れたということを受け入れる視点を一つ考えてみておきたい。そういうことが東洋人にとってはあり得ると思うし、あるいはそここそ自分というものの出発点であるとさえとることができるだろう。そういうことを確かに見るということによる、両者のずれ、違いをはっきり知って出発点をつくりたいと思う。

こういう考え方はわたしが魯迅などを中心にした近代中国を専攻した――というのはおこがましいが――ことと関係があるだろう。ヨーロッパは日本人にとっては先進国で、お手本である。それに学んで、日本人は自我が弱いとか言われたり自戒したりして、何とかしっかりしたものを獲得しなきゃいけないと一所懸命追いかける対象であった。しかし中国とか、インド、ベトナム、インドネシアなどの東洋の国々にとっては、ヨーロッパとはまず自分を侵略するもの、支配者として現れた。ヨーロッパの自我というものは他者を支配し、操作してそれを自分の中に同化していくものとして見えてくる。それを「プラス型の自我」と名づけると、そのプラスは無限に拡張する。これは対抗すべき「我」のあり方であって、学び取るようなものではない。

それに対峙して現れてくる東洋的な自我――そんなものは今まで想定されてはいないのだが――とは何かと考える。魯迅やガンジーなどを考えてみる。ガンジーがどういうところでインドの人々を、自覚というか、自分たちというものを築くことに促したかということになると、出発点は「自分たちはどういうことを欲しているか」という点においてではない。不服従、従うことを拒むという形だ。そういうふうに支配されることは自分たちにとってはつらい、そのことは嫌だと言い切る。怒りとか恨みとかという形にもなるけれども、「それは嫌だ」と言い切るという行動形態によって自我が築かれてくる。これを「マイナス型の自我」と仮に名づけてみよう。日本人の場合は極めて厄介で、ヨーロッパ的な自我を追いかけようとして、しかし身につき切れず、マイナス型の自我と折り合いをつけるためのジタバタが、近代文学に姿を現していると見えぬこともない。

わたしなりに言いかえていくと、不服従ということは「したくないことはしない」ということだ。こういうことをしたいという形での自我ではなくて、したくないことはしないという自覚。これは大事な言葉だと思う。ルソーが晩年に書いた『孤独な散歩者の夢想』の中に「自分はしたいことをしたいという自由なんか考えたことはない。したくないことはしないという自由しか、自分は求めてこなかった」とある。それを読んだときにわたしは自由とはそういうことかと初めてわかった気がした。そういう意味で自由というもののマイナス型に気がついてくるというプロセスがありうると思う。

日本人が明確なマイナス型自我として自分を表現した例は、敗戦後の日本国憲法第九条。あれは「戦争はイヤだ、ゼッタイにしたくない」と言い切ったマイナス型の自我の表現だ。あれを「平和条項」と呼ぶのは正確ではない。「不戦の条項」である。

マイナスがあってプラスがあれば真ん中にゼロがあるというのは、簡便に過ぎるけれども、しかしわたしは真剣に「自我のゼロ地点」ということを考えたい。魯迅の生き方を考えると、マイナスの自我がプラスを含みつつ、自らをそして世界を見つつ立っている姿勢を思い浮かべることができる。禅で言う「悟り」や、西田幾多郎の「純粋経験」、ほかにもいろいろ関連して考えることはあるけれども、自分の閉じ込められている空間に気がつくと同時に、突破して出ていく、あるいは出てしまっている、一人の人間として立っていく通過地点として、「自我のゼロ地点」を仮設してみたい。

自我のゼロ地点から

生活の中で無意識に強要されてきている身の構え——からだが歪んだ空間に閉じ込められている。それが破れて突然開けた空間に立つ、世界が変わる。これが、レッスンの第二のステップである。感受性の段階を超えて、第三のステップに踏みこんだとき、このとき人は赤裸々である。これを自我のゼロ地点と呼んでよいかどうか。

「賢治の学校」というフリースクールがある。主宰者の鳥山敏子は竹内演劇研究所へ長いことレッスンに来ていた人だが、そこで幼児部の教師をしている中年の女の人がいた。非常に丁寧な人だけれども、丁寧が過ぎて子どもに向かうときに率直でない、何か振りをしているみたいな感じがつきまとっていて声がどこか上ずっている。わたしの言い方では「じか」じゃない。自分でもうまく子どもとつき合えないという悩みがずっとあって、何でそうなんだろうかと自分を探るためにレッスンをやってきた。自分の子どもに対しても正直なことが言えないで、妙に自分をかばってというか、向こうを気づかってと当人は思っているけれども、婉曲な言い方をしては、うまく通らないものだから、突然腹が立ってわっと怒鳴り出してしまって、また後悔してといった工合だ。

その人が東京のワークショップにやってきた。声がうまく出ないで悩んでいる人もいたので、全員、二十人ばかりがひとりひとり、一人一行ずつ歌を歌って、その声を吟味するということをやっていった。「春のうららの隅田川」で一行、「上り下りの船人が」で一行というふうに、入れ替わりで歌っていって、その声の出し方、息の吐き方、息の継ぎ方、あるいは口の形がこうなっているから声がこうひずんでいるんだという気づきから、ことばとしての表現までずっとやっていく。

その人の順番になって「櫂《かい》のしずくも花と散る」と。じっと見ていると上唇を必ず下へかぶせて、歯がむき出しにならないように、いわば声に蓋をしている。わたしが「あなた、上唇をあけなさい。歯をむき出しにして、声をまっすぐに歯の上、頬骨のところに、ぶつけて！」と言った。かの女は必死になって唇を開けたら、ぱっとはっきりした声が飛び出した。周りで聞いている人たちが「おっ」と言った。しかし当人はわからない。そこで、向こう側にいる人に手を上げてくれと言って、かの女に口をかっと開いてあそこまで声を届けろと言った。すると、まっすぐに声が届いた。かの女は、初めて唇があいた。それまでは人に話をするにも唇をちょっとおちょぼ口みたいにして押さえていた。いろいろ心理的な屈折があるのだろうが、からだの動きそのものにそれが表れている。それに気がついて直してはくり返しやっているうちに、ああ、そうか、声はこういうふうにしてまっすぐに出て行くのかということが感じられてきた。簡単に言えばかの女は口を開くことを学んで帰った。

その日に、帰ってわたしの本――『声が生まれる』（中公新書）――を読んだという。そしてわたしが「ことばが劈《ひら》かれた」箇所の記述を読んでいて涙が出てきたという。そのときに初めて気がついたと言った――自分は今まで自分を何とかしなきゃいけない、自分が変わらなければ働きかけ方が変わらないから何とか自分を変えたい、変えたいと思っていたけれども、そんなことじゃないんだと。そういう自分は自分でいいから、ただまっすぐに口をあけてまっすぐに声を相手まで届ければいい。そのときに相手は動いてくれる。それは相手の人がいてくれるからできるので、自分だけが一所懸命やろうと思ってできることじゃない。相手がいるからできたんだということが初めてわかったときに、ああ、こういうことかと涙が出た、と言った。

次の日にまたレッスンに来て、初めて相手の人の顔がはっきり見えてきた、その人のところまで声が届いていくというのがわかって、こういうふうに語ればいいのかということがわかってきたと息をはずませて語った。自分自身の中の、怖じ気づくとか、遠慮しようとするとか、御機嫌をとろうとするとか、相手の気配に合わせようとするところとかを、捨てなきゃいけない捨てなきゃいけないと思っていたけれど、捨てなきゃと頑張れば頑張るほど自分との格闘になって自分の内に閉じこもる。そのままでいいから声がまっすぐに届けばいいんだということが初めてわかったと、話しながら泣いていた。それからかの女は、細かいことはいろいろあるけれども、基本的にははっきり変わった。自分を隠したり飾ったりしない。まっすぐになった。子どもに対する向かい方が変わり始めた。

この人がその数ヵ月後に、男性のカウンセラーと行った「出会いのレッスン」はすてきだった。ふり返った二人は、じっと見つめあったまま、かの女はからだをひらいたまま立っているに近かったが、男性はゆっくりと近づき、手をとりあってしいんと立ったまま、静かに涙を流していた。これに至るには場全体が幾組かの「出会い」の試みを重ねて集中を深めてきたプロセスがあったわけだが。直後にかれは「あの世であってるみたいだった」と言い、後で「あの瞬間は私にとって永遠になった」と書いた。

ただ、共に生きている。なにかのために生きているのではない。生きることが充ち溢れること、それだけだ。

世界が全く違って見える

人が今までの自分の枠から外へ踏み出す。そのとき裸である。このとき自我は、プラスでもないしマイナスでもない、ゼロ地点に立っている。そして世界が違って見える。そこから踏み出していったときに、何か新しい自我が生まれてくるだろう。そういう例のいくつかには目を見張るようなことがある。

メルロ＝ポンティが『眼と精神』の中でひいている画家アンドレ・マルシャンに「木を見ていると木が自分に語りかけてくる」という言葉があって、初めて読んだ頃はどういうことかなと思ったが、実際そうなのだ。いっぽんの黒松が語りかけている、そういう言い方しかできないような形でこちらに入ってくる、迫ってくる。すでに黒松は「黒松」ではない、「あなた」である。そういうことが起こった人がほかの人と向かいあうとき、からだからなにを語りかけられるか……。そういうプロセスをわたしはこれから一人でも二人でも、とにかく今まで思っていたよりもう一歩、もう一歩進んで働きかけて、自分も動きながら変わっていきたいと思っている。

つけ加えて言っておきたい。花を見たときに、花が笑う。まざまざと花である。自分というものはその時は消えている。一ぺんなくなる。今まで日常生活で知っていた「花」とは、まるで違う。それはもはや「ああ、花だ」とは言えない、その「花」という言葉は日常生活の慣習的な言葉だからだ。それではなんと呼ぶか。

わたしは以前大学セミナーに呼ばれて行ったときに、リンゴを持っていって学生たちに見せた。「これは何ですか」、「リンゴです」と返事がある。「これはリンゴではない」と言った。「さあ、何と言いますか」。「これは花ではない」と慣習的観念を否定されて何と言うかといわれたときに、初めて「えっ」となって、じゃあ何と言うかと改めて見るところから、「存在」の、ということは「ことば」の発見が始まる。そこがゼロ地点から人間が歩き出す始まりだと思う。慣習的な言葉で自分が一所懸命理解していたことを一ぺん全部捨ててしまわないとわからない。そういうことを常に繰り返していくことで初めて、本当に存在を問うということになるのだろう。

わたしは人と人とが出会う地平を確かめたいと考えたことからここまで歩いてきたわけだが、しかしわたしがある人に向かいあって、ある心理学的に定義されうる同じレベルに立つことができれば、「出会う」という共通の体験と理解が成立するのではないかと無意識に想定していたのではなかったか。

出会うというのはそういうことではない。第三章でもふれたが、どのような地平にあろうがある瞬間、二人の間に火花が散って、あっと思ったときに世界が変わってしまうということだ。芝居者として言うと、客が舞台を見終わって外に出て、なにごともなくふだんの生活へ戻るような芝居は、わたしはしたくない。劇場を出たときに、世界がなにか今までと違って見える、見知らぬものとして立ち現れる。そのようなことにならなければ、舞台を見てもらう意味はない。世界を一つ通過したときに存在が変貌する、それが舞台。出会いとは相手を理解するということではない。その人に驚かされる、驚かされたとたんに裸になっている。相手の前に見知らぬ自分が立っているという、むしろ相手に突破されてしまう。そういうことが出会いということだろうと思う。

出会いにゆく

ここまでは、「出会う」とは、たまたま巡りあうこと、遭遇すること、であった。そこにすばらしい人と人との間の火花が散り、新しい生が開けたとしても、それは、いかにそれを切望したにせよ、人の力の及ぶところではない、いわば神の恵みであった。(M・ブーバーの"ICH-DU"もまたそのような恵みとして記されてある。)わたしたちにできることは、その「たまたま」に向かって常にからだを開いているように自らを促すことだけである。

しかし世界には、「出会い」にいわば網を張り裸でふきさらされたまま（「体露金風《たいろきんぷう》」）立っている「からだ」たちがいる。いやむしろ、「出会いにゆく」巨人たち――小さい巨人もふくめて――というべきか。かれらは、相手を出会いの場に引き入れる。あるときは沈黙において、しかし多くは「ことば」によって。

イエスは「私の隣人とはだれか」と問う律法学者に対して、善きサマリア人のたとえ話をもって答え、そして問う、「この三人のうち、だれが強盗にあった人の隣りの人であったとあなたは考えるか。同国人の祭司か。レビ人か。それとも異教のサマリア人か。」

この問い返しによって、律法学者は、おのれの宗教上の信条を破り異教のものの行いを是認せざるをえぬところに追いつめられる。かれは裸にさせられる。律法にたよれず、裸になって神の目の前に立つこと、これがイエスとの〈出会い〉であった。

わたしは趙州禅師の「老婆親切」を思い起こす。禅家にとっては、修行専一の向上門を超えて、庶民に法を説く降下門、十牛図の最終十番目の段階「入鄽垂手《にってんすいしゅ》」――手ぶらで店（世俗の巷）へ入ってゆく――の働きに当たるだろう。

崔郎中というのだから、まず政府の高官であろう。訪れてきて問う、「大善知識もまた地獄におちることがありますか」。なんでこんなことを問うたのか、自分の一身に関係のない、いわば文化的教養上の知識ひろめの一環であろうか。まことにのんきな問い、しかしどこやら文化人らしい皮肉もきかせたつもりのことばなのでもあろう。すると趙州和尚ニヤリと笑って（わたしにはみえる）、「おお入るとも、わしなんぞまっ先に入る」。

崔さんは度胆を抜かれる。それじゃあ一体仏法の修行だの悟りだのなんてことは何の役に立つのだ？「大悟徹底した名僧ともあろうものが、どうして地獄におちるのです」。趙州センセイのことばが自分に向けられた問いだなどとは思いも及ばぬ。

するど趙州曰く「もしわしが地獄に入らなかったら、あんたとあうことができんじゃないか」。ここが地獄、あんたは地獄におるんだぜ、気がつかんのかいな、とまで親切にはいわない。

崔郎中は、趙州のでっかい眼の玉の前で、金縛りになったまま、一瞬にしておのれと、おのれをとりまく、世間のしがらみとが、ガタガタと地獄の有様にくずれ落ちてゆくのを見たであろう。裸にされた無名の「ワレ」がひょろりと坐っている。まわりには地獄の劫火がごおっと吹きよせてきたかもしれぬ。

これは手荒い例だ。趙州は、初心のものに向かっては、まことに老婆親切というほかない、あたたかくやさしい、導きの糸をなげてもいる。

世に有名な、禅門第一則といわれる「趙州の無」はさまざまな理解が古来示されるが、まずは、初心の坊さまが、一生懸命に老師に問いかける姿として、具体的に思い浮かべてみたい。

「問う、犬にも仏性がありますか。」

「問う」とだけで、だれかは全く記してないから、初心の修行僧とも、長年鍛錬の道場破りの気組みの僧とも、ひょっとして、道ばたで出会った婆さんとも、どうみることもできる。

すると趙州の曰く「無い」。

問うた人はあわてて、「上は仏さま方から、下は蟻んこに至るまで、皆仏性があります。なぜ犬にはないのですか?」

ここでも問うた人は、趙州の答がじかに自分を指しているのに全く気づいていない。趙州にとっては犬なぞどうでもよい。

「問題は、ホラそこに立っているお前さんだ。お前さんにはとても仏性など無いな。」

なぜかといえば、と、趙州はまことにていねいに事を分けて説明してやる。

「あれもほしいこれもほしい、あっちにもきいてみたが、こっちにきいてみたらどうだろう、とうろうろかぎまわっているような『業識性《ごうしきしょう》』で一杯ではな。」

「うろうろするんじゃない！　他人にきいてわかるようなことじゃなかろうが！」

趙州のくわっと口を開いた大喝と、おだやかなほほえみとが同時に見える。

ところが、これにまた別のヴァリエーションがあるのだ。

「問う。犬にも仏性がありますか。」

「あったりまえよ。大道はすべて長安の都に通じている。」

禅宗では師資相承《ししそうしょう》を言う。弟子がいかなる地獄にあっても、そこに立ちあい問いを発するものを師というのであろう。出会うとき、人は白紙になり、裸になる。逆に言えば、裸になるためには師が要るのだ。それをくり返すことを悟りといい、意識のゼロ地点といい、無ということに到るのであろう。

しかし、師とはファンクショナルな関係であって、時に八歳の幼子が八十歳の老爺の師となりうる。とすれば、互いに師であり、弟子であることがくり返し立ち現れる場、あるいはコミュニティがありうるだろう。

「出会いのレッスン」の場で、相手が「呼んでいる！」と感じ、反面拒んでいるとも気づき、しかし根源的なのは「呼んでいる」だと感じたとき、猛然と体当たりしていった女性があったが、かの女はその行為によって根底を問うたのであり、師であり友であった、と言える。

そして、同じく「出会いのレッスン」において――女性が発した「なぜウソをついたの？」の叫びは、一筋の炎の如く、あらゆる問いを貫いて走る。

あとがき

改めて思うのだが、自分は体験を言葉にしていくしか表現の方法を持たない。しかし一つの体験は複雑なものを内包している混沌であって、見る目によっていろいろな姿を現してくる。それを筋道の通った一つの形にできるかどうか。

西田幾多郎のことを読んでいて、彼の晩年に、高山岩男が『西田哲学』という本を書いた時のエピソードを知った。西田先生に学んできたが、先生の考えは体系的に語られていないからひとつひとつの体系に組んでみようとして書いたという。それに西田幾多郎が序文を書いて、「哲学者は体系を生み出すものであるだろうけれども、自分はそういう余裕がない」と書いた。「自分は常に坑夫である」と。先に掘り進んでいく、一人の坑夫にすぎないという言い方をしている。ああ、なるほどと思った。わたしもまた、どこに掘りあてるか突き抜けるか判らない冥《くら》い道を、鉱脈の予感に従って手探りして掘ってゆく一人の坑夫だ、と。

ここに収録した文章には、今の時点でまだ書き足りないことや、書き直したいことがある。しかし今わたしは病床にあり、それをすることができない。やむをえずこのまま出版へと踏み切らざるをえないことをお許しいただきたい。（編集部もこのことを了解している。）

竹内敏晴

二〇〇九年九月五日

＊本書第1章は『世界の児童と母性』五六号（二〇〇四年）、第2章はひょうご・こころのネットワークでの談話記録（二〇〇三年）を、大幅に加筆修正したものである。

著者紹介

竹内敏晴（たけうち・としはる）
1925年、東京生。演出家。東京大学文学部卒。ぶどうの会、代々木小劇場＝演劇集団・変身を経て、72年竹内演劇研究所開設（〜86年）。79〜84年宮城教育大学教授。その後も「からだとことばのレッスン」に基づく演劇創造、人間関係の気づきと変容、障害者療育に取り組みつづける。2009年9月7日死去。
著書に『ことばが劈かれるとき』（思想の科学社、のちちくま文庫）、『声が生まれる』（中公新書）、『竹内レッスン』（春風社）、『生きることのレッスン』（トランスビュー）、『レッスンする人　語り下ろし自伝』、『からだ＝魂のドラマ』（林竹二との共著）、『からだが生きる瞬間』（共著、稲垣正浩・三井悦子編）、絵本『竹内レッスン！　からだで考える』（画・森洋子）（以上藤原書店）などのほか、全著作から精選した『セレクション　竹内敏晴の「からだと思想」』全4巻（藤原書店）がある。

「出会《であ》う」ということ

2009年10月30日　初版第1刷発行©
2022年 1 月30日　初版第2刷発行

著　者　竹内敏晴
発行者　藤原良雄
発行所　株式会社　藤原書店

〒162-0041　東京都新宿区早稲田鶴巻町523
電　話　03（5272）0301
FAX　03（5272）0450
振　替　00160-4-17013
info@fujiwara-shoten.co.jp

印刷・製本　中央精版印刷

落丁本・乱丁本はお取替えいたします
定価はカバーに表示してあります

Printed in Japan
ISBN978-4-89434-711-3